Apagón

Apagón

Apagón

Eduardo Ortega

Apagón

Apagón

Nunca podré agradecer suficientemente la incondicionalidad de mis padres, que han seguido, capítulo a capítulo la redacción de este libro.

También a mi amigo Suso que me ayudó a adentrarme en el mundo policial y a utilizar los términos adecuados.

Por último y no menos importante, la paciencia de mi mujer, infinita como siempre y el sustento de mi ilusión por escribir.

Apagón

Apagón

Capítulo 1

Revisaba su peonza mientras subía por la calle Real hacia la iglesia. estaba mellada de tanto uso y la cuerda ya presentaba signos de desgaste hasta tal punto que dudaba de si aguantaría aquella tarde. Llegaba tarde y los nervios le hacían andar deprisa. Había quedado con Javi para acercarse con él al cobertizo y reanudar así la partida que tuvieron que dejar la noche anterior.

Dobló la esquina que atajaba hacia la iglesia por la calle Corta en dirección a Cantarranas y apareció por el campanario, directamente en la plaza.

No había nadie todavía. Miró a su alrededor. Su cuerpo denotaba un gesto de desesperación. Pensaba que Javi ya estaría esperándole pero como siempre, llegaba más tarde que él.

Arrastrando los pies, ahora ya mucho más lentamente se acercó a los bancos de la plaza, justo debajo de los arboles y se dejó caer en uno de ellos a esperar.

Daniel, que era como se llamaba, continuó con la inspección de su peonza, arañando con el dedo pulgar su superficie allá donde veía una muesca. Era de madera con punta de hierro, redondeada por los impactos que había recibido durante los últimos tres meses de juego. Hoy esperaba poder conseguir una nueva, si conseguía por fin sacar del circulo la de su amigo Javi.

No venía. Habían pasado unos quince minutos más desde su llegada. Se levantó y rodeó el banco, apoyándose sobre el respaldo con la mano que le quedaba libre. Miró alrededor de nuevo. Hacía una temperatura agradable debajo de los árboles, que entrelazando sus ramas, impedían el paso de los rayos del escaso sol que ya quedaba aquella tarde. Se quitó la chaqueta y la dejó en el banco. Se estaba poniendo nervioso de nuevo. Si tardaba mucho más no habría tiempo de echar la partida.

Lanzó la peonza al aire. La recogió de nuevo en su caída y la volvió a lanzar. La segunda vez, se le escapó de entre los dedos, cayendo al suelo. Otra muesca.

Se agachó a por ella, después de avanzar varios pasos hasta su localización. Como siempre ocurre en estos casos, la peonza cayó por debajo del banco hacia el otro lado. Bordeó el mismo y agarró la peonza con la mano derecha. Junto a la peonza había un par de gotas rojas. Alguien se había hecho una herida recientemente por allí. Se levantó, mirando de nuevo alrededor por si había aparecido entre tanto su amigo. Pero aun no.
Volvió a mirar hacia abajo. Había esta vez, tres gotas de sangre, dispuestas en triángulo. Una de ellas, todavía conservaba la forma de gota. Era reciente.

Apagón

Se tocó la nariz. Pero no le sangraba. Se tocó el resto de la cara y se miró las manos. Él no estaba sangrando. Ahora ya habían cuatro gotas.

Miró hacia arriba.

Capítulo 2

Me tocaba guardia. Como todos los martes primeros de cada mes, entraba de guardia de las operaciones radio en Huigan S.L., una multinacional china fabricante de equipos de telecomunicaciones y uno de los principales suministradores de equipos de radio para las redes móviles de la mayoría de operadoras de telefonía móvil del mundo. Yo, por supuesto no era tan importante. Era uno de los coordinadores del grupo de operación y mantenimiento del área de radio y esa mañana empezaba mi guardia del mes de febrero. Durante este mes sería el responsable de asignar los turnos, atender a los escalados y siempre estar operativo por lo que pudiera pasar. Días como estos, me sentaba a primera hora en la cafetería La Muralla, justo enfrente de las oficinas a tomarme un desayuno completo: zumo, café con leche y barrita de pan con tomate. Mientras me deleitaba con él, me cogía el periódico y leía cualquier cosa que no me recordara al mes de trabajo que me venía de frente.

El mes de guardia no era un mes más. Ese mes adelgazada un par de kilos debido al estrés generado por la tensión de permanecer enganchado al teléfono en conferencias eternas sobre caídas masivas de las redes móviles, que se daban en cualquier parte del país. Era tan severo el castigo al que se le sometía al cerebro que se necesitaba renovar cada mes al coordinador de operaciones. Se le daba una semana de descanso al salir de su turno.

Apagón

Y ahí estaba yo, retrasando cuanto podía la entrada a la oficina y de nuevo al infierno de la guardia.

Salí de la cafetería y me cerré el abrigo a la vez que mi cuello se hundía entre los hombros, cerrando todas las entradas de aire posibles. Esa mañana teníamos dos grados de temperatura con viento del noroeste. La cara se me quedó helada mientras recorría los cien metros que me separaban de la puerta de la oficina.

Cogí el ascensor a pesar de que el centro de operaciones estaba en la primera planta. Llevaba conmigo un maletín con ruedas para llevar el portátil y todos los accesorios que necesitaba a diario para el trabajo. Me recibió como cada día el letrero de la planta y la papelera que había sido colocada justamente enfrente de la salida del ascensor. No sin pesar, enfrenté mi tarjeta de la empresa contra el sensor de seguridad que permitía el acceso a la sala. Como siempre, estaba llena de gente. Eran las diez de la mañana y los operadores del turno de día ya llevaban allí dos horas trabajando en la supervisión de las diferentes redes que desde ese centro de control se monitorizaban y operaban a diario. Al fondo de la sala un videowall, mostraba las gráficas de los diferentes índices que se utilizaban para poder medir la degradación de la red e identificar posibles riesgos de impacto en los usuarios finales, que eran quienes mantenían todo aquello.

Me dirigí a mi despacho, que compartía con los demás coordinadores. Abrí la puerta y a mi compañero se le iluminó la cara al verme.
- ¿Qué, has podido pegar ojo? - Sabía por experiencia que la víspera a la entrada de guardia no se dormía apenas.

Apagón

- No. - dije con un tono evidente de disgusto.

- Pues tómate unos cuantos cafés. El tema está que arde. - me lo dijo mientras miraba su bloc de notas - En Baleares un anillo de SDH ha dejado veinte estaciones caídas durante más de diez horas. Desde las doce de ayer estamos tratando de recuperarlas. En Teruel, el hielo ha desalineado varias parábolas y han perdido campo dejando varios pueblos sin cobertura. Para colmo, ha caducado la licencia del software de la RNC y nadie había alertado de que caducaba, ¡Demonios, a quién se le ocurriría poner una licencia temporal en una RNC! Andrés está levantándola en estos momentos. Hay una conferencia abierta desde las siete horas para ir reportando los avances.

- Vaya, veo que no te has aburrido mucho esta noche.

En ese momento, ya se me había acelerado el corazón. El sonido del móvil me puso más nervioso si cabe. Esas primeras horas de la guardia eran las más difíciles, mientras se cogían las riendas de todo lo que estaba pasando y se empezaban a solucionar los primeros temas. Luego ya la cosa se iba calmando y se veía todo de otra manera. Cogí la llamada que insistentemente reclamaba mi atención.

- ¡Eduardo, dígame!

- Hola jefe, nuestro jefe supremo necesita verte y con urgencia - dijo una voz femenina al otro lado. Era la secretaria de Daison Li, director de servicios de Huigan S.L.

- Voy - dije sin vacilar.

Apagón

Me volví hacia mi compañero y le dije que el traspaso tendría que esperar. Él se encogió de hombros impotente y se volvió a conectar de nuevo a la conferencia. La RNC ya había levantado de nuevo.

Salí del despacho y subí a la tercera planta. Volví a pasar por el protocolo de seguridad del sensor de acceso y sonó de nuevo el chasquido que me decía que ya podía entrar en la sala. Se podía palpar la quietud que reinaba en esa planta. En aquella planta se pensaba mucho, pero no se hacía nada. Ya lo hacíamos los de abajo.

Llamé con los nudillos en la puerta del despacho de Daison.

- Pase.
- Buenos días, jefe. - Daison y yo llevábamos trabajando juntos más de dos años y de tanto hablar a diario, habíamos congeniado bastante, hasta el punto de poder llamarle "jefe" sin que sonara mal.
- No te lo vas a creer. - se levantó de la mesa y me invitó a que me sentara junto a él en una redonda que tenía en su despacho para recibir a las visitar.
- ¿Café?
- No, gracias, este sería el tercero de esta mañana.
- Entras de guardia, por lo que veo - No se le escapaba una.
- Lamentablemente sí. Pero es trabajo.
- Bueno, pues a lo mejor no.

Aquella revelación hizo que me revolviera en el asiento nervioso.
- A ver, cuenta.

Apagón

- Me ha venido a ver Walter esta mañana. Un asesor del secretario de estado para las telecomunicaciones le llamó anoche. - Walter era el director general de la compañía y nada bueno podía venir de él - Necesitan nuestra cooperación en una investigación de asesinato.

Me quedé mirándolo atónito. Él pudo verlo claramente en mi cara, por lo que antes de que yo pronunciara palabra, continuó.
- Yo me he quedado igual que tú, pero no me ha dado mucha más información. Sólo que parece haber afectado a un miembro del CSIC. Walter me ha pedido, además de discreción, a mi mayor experto en comunicaciones móviles. Y ese eres tú.
- ¡Ah! - es todo lo que pude decir.
- Ya, no esperaba menos. Solo me han dado un número de teléfono y que preguntes por Norma. - Me dio una tarjeta en blanco con solo un nombre y un teléfono.
- Por favor mantenme informado. Este asunto me tiene bastante inquieto. Puedes irte.

Me levanté del asiento sin apartar la vista de la tarjeta. Cogí la puerta y me fui. Necesitaba otro café.

Me volví a la cafetería La Muralla. Con un café cortado en la mesa, justo delante de mí, observaba la tarjeta dándole vueltas una y otra vez, pensativo. Debería haber llamado ya pero seguía sin entender el trasfondo de todo aquello. Quizá hasta que no llamara no podría dar respuestas a la multitud de preguntas que se me agolpaban en la mente. Me decidí a marcar. No sabía lo que me esperaba tras esa llamada de teléfono.

Apagón

Me cogí la taza de café y la chaqueta y me salí a la calle para poder hablar con menos ruido de ambiente. Dejé el café en una mesa alta que había a la entrada para los fumadores y me puse la chaqueta. El frío seguía siendo intenso. Saqué el móvil del bolsillo del pantalón y marqué el número de la tarjeta.

Capítulo 3

Un coche negro avanzaba por las calles del pueblo en dirección a la iglesia. La iglesia se levantaba en el centro del pueblo. Era la parroquia de San Juan, patrón del pueblo y punto neurálgico de la urbe. Allí desembocaban las calles principales del pueblo, Real, San Juan, Cantarranas y era el centro social de los habitantes, que llamados por la curiosidad del evento, deambulaban en grupillos por los alrededores de la cinta perimetral que la guardia civil había utilizado para acordonar la zona.

El coche aparcó en batería junto al número cuarenta y dos de la calle San Juan. Durante un rato se hizo el silencio en aquella plaza de la iglesia donde actualmente había más de veinte personas. Todas ellas miraban a aquél vehículo que acababa de llegar y que era desconocido para todos ellos.

El pueblo era una comunidad de unos cien habitantes que podía triplicarse en época de vacaciones de verano, pero que en el mes de febrero, cómo estábamos, se veía bastante desolado. Quitando los trabajadores que se habían cruzado en los campos, los ocupantes del coche negro no se habían encontrado con nadie más hasta llegar a la iglesia. Por lo tanto todos se conocían y todos sabían lo que había pasado y todos sabían que ese coche no pertenecía a ninguno de ellos.

Apagón

Dentro del coche, la detective Norma Crespo, nacida en un pueblo también pequeño pero de La Coruña, llamado Cariño, los miraba a través de los cristales tintados consciente de que ellos no la veían. Sabía que sería un caso difícil y poco discreto. Las noticias, en aquél entorno, se divulgarían como la pólvora y no podría evitarlo.

Sonó el teléfono móvil.

- Norma Crespo, dígame.
- Hola, ... buenos días - una voz dubitativa sonaba desde el otro lado. Norma se desesperaba, no tenía tiempo que perder - me han pedido que llame a este número y pregunte por usted. Soy de la empresa Huigan S.L., del departamento de operaciones radio.
- ¿Su nombre?
- Ah, sí, perdona, soy Eduardo Marto, coordinador de operaciones radio.
- Señor Eduardo - comenzó a decir Norma - ni se imagina el problema que tengo entre manos. Entiendo que le han explicado la sensibilidad de la información que vamos a compartir con usted y que entiende perfectamente lo imprescindible de su discreción.
- Por supuesto - dije
- Bien, le vemos en tres horas en Cilleruelo de Abajo. Ya hablaremos entonces.

Colgó. No tenía tiempo para despedidas innecesarias.

Bajó del coche y se acercó sin vacilar hacia la cinta policial. Sin dudarlo ni un momento, pasó por debajo de la misma.

Capítulo 4

Me separé el teléfono de la oreja y me quedé mirándolo aun incrédulo. Como era posible que alguien hablara de esa manera tan cortante y grosera para luego colgar de golpe.

Miré el reloj. Eran ya las once menos cuarto de la mañana y el día se había vuelto impredecible. A las dos menos cuarto se me esperaba en Cille... ¿qué?. Dios mío, había olvidado el nombre del pueblo donde se me había citado en menos de tres horas y cualquiera llamaba de nuevo para hablar con esa mujer.

Pagué el cafe y me dirigí a la oficina dando grandes zancadas. Debía recordar el pueblo antes de que se me olvidara del todo o mi primera intervención en una investigación oficial podría ser el mayor desastre. ¡Cómo se podía nombrar un pueblo así con tanta ligereza!

Subí en el ascensor hurgando en mi memoria y repitiendo una y otra vez el comienzo del nombre: Cille... algo.

Me senté delante de mi ordenador y me metí en el buscador de internet. Puse "Cille pueblo de España". El buscador me sacó ciento cincuenta mil entradas. Esto iba a ser una pesadilla. Debía encontrar la manera de reducir la lista a unos cuantos y luego cruzar los dedos.

Apagón

Sentado sobre la silla mirando al techo, daba vueltas al bolígrafo entre las manos mientras trataba de relajar la mente y pensar en algo. Mi compañero Jorge, a pesar de estar en una de las interminables conferencias, me miraba extrañado.

- ¡Eh! si sigues así acabarás en el suelo. ¿Te duele la cabeza ya? Si no has empezado la guardia todavía.

- No me distraigas, no me distraigas, casi lo tenía - dije yo estrujándome la sien.

- ¿Qué es lo que tienes?, ¿qué necesitas?. Tío se te ha ido la olla. Esto es duro pero no para tanto. Pareces paranoico.

Me rendí - dime un pueblo que empiece por "Cille"

- ¿Estás jugando a Apalabrados?

- ¡No!, necesito encontrar un pueblo que empieza por "Cille..."

- ¡Vaya!, ni que fueran a matar a alguien allí. No sé.

Salté de la silla como si un resorte me hubiera golpeado en el trasero.

- ¡Claro! ¿Seré estúpido? Esa es la clave.

Me conecté de nuevo al buscador y puse: "homicidio en Cille". Automáticamente me salió Cilleruelo de Abajo.

Lo busque en Maps y vi que estaba a ciento ochenta y cinco kilómetros en la provincia de Burgos. Tardaría unas dos horas en llegar por lo que todavía llegaba a tiempo. Respiré hondo y con un gran alivio. Había conseguido resolver el primer enigma del día. ¡Qué día me esperaba!

Después de recoger mis cosas y dar las pocas explicaciones que podía dar a mis compañeros, salí de la oficina a por el coche. Había aparcado bastante lejos por lo que tenía tiempo de llamar a mi mujer. Qué le podía contar y qué no es algo que no me habían comentado y me creaba una gran inquietud. Marqué su número de teléfono.

- Hola Eddy, ¿qué tal tu día?
- Liado - logré decir. - ya sabes, entro de guardia.
- Bueno, no te preocupes que el primer día siempre es malo y luego ya se va arreglando.
- Sí, eso espero.
- ¿Qué tal las niñas?
- Bien cada una en su sitio, sin novedad - No quise explayarme mucho porque necesitaba ir al grano de la llamada. - Me tengo que ausentar de Madrid hoy.
- ¿Y eso?
- A atender una emergencia.
- ¿Pero eso no lo hacéis en remoto?
- Normalmente sí, pero esta necesita una atención más especial y hay que estar allí.
- ¿Y a dónde vas?
- A Burgos.
- ¿Burgos? ¿Hay allí algún centro importante? - Ahí me pilló.
- No,..., hay una oficina del cliente y el director de zona nos ha pedido que atendamos la incidencia desde allí. Utilizan un sistema propietario al que no podemos acceder en remoto. Me voy con un técnico allí a ver qué está pasando. Confío en poder estar de vuelta esta tarde. Ya te iré llamando. - Notaba cómo me crecía la nariz con cada palabra.
- Vale, pues ten cuidado con la carretera. En el puerto de Somosierra es posible que haya nieve y hielo.
- Es verdad. Iré con cuidado. Un beso entonces.

Apagón

- Un beso, ya me cuentas. Adiós.
- Adiós. - Y colgué.

Capítulo 5

Me pasé la salida de la nacional. Estaba en el kilómetro ciento ochenta y cuatro, como decía el navegador pero justo en una curva e iba demasiado deprisa para maniobrar. Tampoco iba muy atento. Las preguntas me inundaban la cabeza de dudas y mi desconcierto aumentaba con cada kilómetro. Por más que lo pensaba no llegaba a entender qué hacía yo, un ingeniero de telecomunicaciones yendo en dirección al escenario de un crimen. No le encontraba ningún sentido a nada de aquello y eso me mantenía intranquilo. Tenía el corazón acelerado. Estaba fuera de mi entorno de trabajo, mi sitio, mi zona de actuación donde todas la variables estaban identificadas y donde todo tenía un protocolo de actuación. Nada se me escapaba en mi área, pero esto..., esto tenía tantos agujeros que todo se me escapaba antes de saber qué es lo que se me estaba escapando.

Busqué un cambio de sentido para volver a coger la salida. A unos diez kilómetros vislumbré un cambio de sentido en la siguiente salida y me tranquilicé un poco. Esta vez no podía volverme a equivocar. Despejé mi mente de todos los pensamientos y me centré en el cartel que anunciaba la siguiente salida. Cual fue mi sorpresa al ver que el pueblo en cuestión tenía más de una salida. La siguiente salida también conducía a Cilleruelo de Abajo.

Apagón

Llegué al pueblo en cuestión de minutos atravesando una arboleda de enormes moreras a cuyos lados todo eran campo. Se podía apreciar en la ladera de la izquierda como un bosque de encinas y pinos luchaba por hacerse fuerte entre campos de cultivo que sorprendían por su inclinación y difícil accesibilidad.
Entré al pueblo por una carretera que circunvalaba el mismo intentando encontrar la entrada principal. Todas parecían iguales. Todas empezaban con una curva lo suficientemente abrupta para impedir ver hacia donde conducía cada una de ellas. Finalmente me decidí por la que me parecía la última, justo antes de llegar a un puente que me alejaba del pueblo otra vez. Cogí la calle de los silos y bordeé el pueblo por el sur. Llegué a una encrucijada dejando el silo a la derecha y giré en dirección al frontón. El pueblo no parecía grande y la iglesia podía verse desde allí así que decidí aparcar el coche y andar.

Subí por las escaleras del frontón a la calle San Juan y recorrí andando toda la calle en dirección a la iglesia. A unos cincuenta metros de la misma ya se podía ver el cordón policial que delimitaba el lugar del crimen. Era la una y media, había llegado a tiempo.
Tan solo un coche de la guardia civil custodiaba aquello y no se veía a nadie más. Me acerqué al vehículo mientras miraba alrededor. Allí sí que hacía frío. En el tiempo que había pasado desde que dejé el coche hasta entonces ya tenía las orejas doloridas. El frío apenas dejaba respirar. ¿cuantos grados habría? No me había fijado en el termómetro del coche en todo el recorrido. Pero no deberían ser muchos, sino estábamos a bajo cero.

Apagón

Llamé a la ventanilla del coche con lo nudillos. La ventanilla bajó haciendo el zumbido característico del mecanismo de elevalunas y un rostro apareció ante mí.

- Hola, buenas tardes. - dije.
- Buenas tardes, dígame
- Busco a la detective Norma Crespo
- ¡Ah!, la jefa. Sí está en el bar de Antonio. Por aquella calle a la izquierda.
- Ok, muchas gracias.

Me alegró saber que estaba en el bar. Podrían hablar en un lugar más cálido. Se incorporó y antes de girarse, echo un vistazo hacia la zona acordonada. Se podía ver la mancha de sangre en el suelo y un montón de ramas recién cortadas a su lado. Una serie de conos se veían repartidos por toda la zona. No sabía exactamente lo que significaban.

Cogí la calle Real y recorrí unos treinta metros antes de girar a la izquierda en dirección a un letrero de helados Nestle que indicaba que allí había un bar. Era el bar de Antonio, había habido suerte.

Fue entrar y el calor me dio una bienvenida agradable. Necesitaba un café caliente. Me acerqué a la barra. No había mucha gente. Los del pueblo estarían en casa preparando la comida o volviendo del campo para comer, supuse. Junto a mí había dos hombres, entrados en años hablando con el camarero. En una de las mesas, un hombre estaba conectado con un portátil y en otra, una mujer revisaba unos papeles y tomaba notas con un lápiz negro. Ella debía de ser Norma. Pedí mi café y me acerqué a su mesa.

- ¿Señorita Crespo? - me situé delante de ella, donde pudiera verme. Llevaba el café en la mano y el pulso me temblaba. Se me derramó parte del café en el plato.
- Sub-inspectora Crespo para usted, dígame - dijo sin levantar siquiera la cara para ver a su interlocutor.
- Soy Eduardo Marto, de Huigan S.L...
- Llega tarde - comentó, aun si levantar la cabeza y antes de que yo pudiera terminar mi frase.

Esto iba a ser duro. Ella aparentaba unos treinta y cinco años, el pelo era liso y marrón oscuro y tenía aspecto de aseado y bien cuidado. Era delgada y no muy alta aparentemente aunque no la había visto de pie. Su acento cantarín a pesar de su contundencia al hablar, me trasladaba a Galicia. Por las pocas conversaciones mantenidas, parecía una mujer con un carácter difícil de tratar, demasiado segura para su edad y sin ningún complejo. O había tenido una vida muy dura o el ambiente de trabajo habitual era tan hostil que necesitaba defender una fortaleza a su alrededor para que no se la comieran. Allí estaba de pié frente a ella, esperando algún gesto por su parte. Aún no había levantado la mirada de sus informes y la situación estaba siendo bastante incómoda. Necesitaba urgentemente romper la situación. El café se estaba derramando, empezaba a tener demasiado calor con el abrigo puesto y la espalda empezaba a resentirse de tanta quietud.

- Le invito a un café - dije

Apagón

Por fin levantó despacio la mirada y me recorrió con la misma desde las piernas hasta la cara como si estuviera escaneándome. Era
increíble lo que me estaba pasando. Empezaba a esperar no tener
que verme mucho la cara con esta persona en los días sucesivos.

- Gracias, que sea solo. - y volvió a bajar la mirada. Al menos me
daba pié a dejar el café en la mesa, quitarme el abrigo y mover las
piernas. Lo agradecí internamente y me volví a la barra. Pedí el
café y volví de nuevo a la mesa. Esta vez me senté delante de ella.
No esperé su permiso.
Dejé su café a su lado y con gesto instintivo cogió su taza y se la
llevó a los labios.

Tenía la boca fina, una nariz ligeramente ladeada hacia la derecha
y unos ojos bastante oscuros, al menos con la luz que se gastaba en
el bar, que no era mucha.
Con un gesto instintivo se recogió el pelo por detrás de la oreja y
me miró fijamente.

- Bueno, creo que debemos de empezar por presentarnos. Soy Norma Crespo, sub-inspectora del grupo de homicidios de la UDEV de
Madrid. ¿Sabe lo que es la UDEV? - yo negué con la cabeza - Unidad de delincuencia especializada y violencia. Pertenezco a la bri-
gada provincial de la policía judicial de Madrid y me han asignado
como responsable de la investigación de este caso, y ¿usted?
- Eduardo Marto, coordinador de operaciones radio en Huigan S.L.
¡Vaya y yo preguntado por una detective! Sub-inspectora entonces.

- lo repetí para memorizarlo. Con esta mujer, cualquier error podría ser embarazoso.

- Sí, sub-inspectora. ¿Sabe lo que es? - me lo decía sin apartar la mirada de mi cara, como si fuera un reto. Me revolví incómodo en mi silla.

- No, los mandos de la policía no son mi fuerte, lo siento.

- Significa que he tenido que luchar mucho para llegar a este puesto. Estoy al mando del grupo de homicidios de Madrid y soy también enlace con el ministerio de defensa para asuntos donde se solapan jurisdicciones.

- ¡Vaya!, eso suena importante - Las palabras me salieron de la boca aún cuando solo quería pensarlas.

- Sí, lo es - sentenció ella.

- ¿Y para qué necesita una sub-inspectora tan importante la ayuda de un coordinador de operaciones radio? - era el momento que estaba esperando.

- Yo no solicité sus servicios. No creo que usted pueda aportar ninguna luz en el caso. Mi jefe recibió presiones de la dirección adjunta operativa. Creo que el CSIC también participó de la decisión.

- ¡Ah! - me quedé sin habla. CSIC, dirección adjunta operativa, ¿de qué iba todo esto?

- ¿Sabe quién es el muerto? - dijo.

- Un ingeniero del CSIC, creo haber entendido.

- Correcto. Alberto Cabañero, investigador jefe del departamento de comunicaciones. ¿Lo conoce?

- No, no conozco a nadie del CSIC.

- Según el informe, su departamento estaba investigado la llegada al mercado de una nueva aplicación para plataformas Apple y Android de mensajería ip. No sé cómo se llama, ni qué hace. Pero al parecer, según las fuentes del CSIC y el ministerio, han sido la causa de su asesinato. - Me acercó el informe que estaba leyendo hacia mi lado de la mesa. Le di la vuelta. En él estaba la foto de la víctima y al lado sus datos personales. A lo largo de todo el informe estaba sobre-impreso la palabra "Confidencial".

- Bien, ¿y qué es lo que queréis que haga yo?

- El ministerio cree que dentro de dicha investigación están las claves para entender este asesinato. Así también considera que alguien desde de dentro del CSIC podría estar implicado o trabajar como topo para alguna organización. La verdad es que no sabemos nada. El escenario del crimen está limpio. El cuerpo fue arrojado desde una avioneta sobre este pueblo. No hay huellas ni sabemos dónde se produjo el homicidio. El cuerpo estaba maniatado y la boca amordazada. Su despacho está limpio y su casa también. Estamos en un punto muerto. Lo único que nos puede ayudar es entender qué estaba investigado y si alguna de las conclusiones alcanzadas podría dar pie a motivar a alguien a cometer un asesinato. El despacho y su mesa de trabajo están vigilados las 24 horas del día pero no tenemos a nadie capaz de entender lo que dicen los papeles.

- Entonces queréis que yo los eche un vistazo - dije, rascándome la barbilla.

- Sí. Las notas parecen tener que ver con protocolos de comunicaciones móviles o algo así. No hemos podido sacar mucho más.

- Vale, entendido. ¿Y cómo lo hago? ¿Con quién tengo que hablar?

- Se viene conmigo. Nos acercaremos a las oficinas de la víctima a primera hora de la tarde. Le vamos a necesitar las veinticuatro horas del día mientras averiguamos a dónde nos conduce su trabajo. ¿Hay alguna gestión que deba hacer para poder darnos su total disponibilidad?

Apagón

Me quedé helado. Esto no me lo esperaba.

- Tengo que hablar con mi mujer. A mi jefe se le olvidó mencionar esta parte del trabajo. ¿Dónde están las oficinas que vamos a visitar?

    - Valladolid. Trabajaremos entre Burgos y Valladolid. Nos moveremos hacia donde las pistas nos lleven.

Capítulo 6

Casi me obligó a ir en su coche. Tuve que dejar el mío aparcado en aquél pueblo. Me comentó que probablemente tendríamos que volver, si había alguna nueva pista en la zona donde se encontró el cadáver. La policía forense aún seguía trabajando pues había que revisar todas la ramas y hojas por si algún pelo, uña, escama del cuerpo del agresor había viajado con el muerto hasta allí.

Fuimos juntos pero no hablamos demasiado. Nada más abandonar la nacional en dirección a Valladolid empezó a llover y ya no paró durante el resto del día. Ella iba enfrascada en sus pensamientos y yo en los míos. De vez en cuando, por romper el incómodo silencio, realizaba alguna pregunta no relacionada con el caso. Ella siempre respondía con monosílabos. No tenía ganas de hablar. Me quedó claro. Me dediqué a mirar por la ventanilla para distraerme. Me sudaban las manos y no hacía más que limpiarme con los pantalones. Era un manojo de nervios. Tan solo la lluvia y los limpia parabrisas sonando armónicamente me mantenían aparentemente tranquilo.

Contaba cada kilómetro que recorríamos por lo que no me sorprendían ninguno de los carteles que iban anunciando a cuanto quedaba Valladolid. Este viaje se estaba haciendo eterno. Peñafiel, Sardón de Duero, Cistérniga y por fin Valladolid.

Apagón

Por fin llegamos. Entramos por la avenida de Soria y nos adentramos en la ciudad. El paisaje cambió al instante, de extensos prados a edificios de cuatro y cinco plantas con jardines y estrechas aceras. Un inmenso parque quedaba a nuestra derecha, hasta que cruzamos la vía del tren. Callejeamos durante un rato hasta llegar a un edificio de ladrillo antiguo, con altos techos y un portón enorme permitiendo el acceso al mismo. A un lado de la puerta se leía un cartel que ponía "CSIC Ministerio de Economía y Competitividad, Gobierno de España". Solo el nombre ya imponía. Estaba entrando en un edificio del gobierno, y yo en vaqueros.

Después de identificarnos en el control de la entrada, subimos al tercer piso y deambulamos por diferentes pasillos hasta llegar a una puerta que decía "Doctor Alberto Cabañero, investigador jefe, departamento de comunicaciones".
La puerta estaba precintada con la misma banda policial que delimitaba la zona del crimen en Cilleruelo de Abajo. Norma se echó a un lado, con la mano más cercana abrió la puerta y a continuación apartó la banda.

- Todo tuyo - dijo mirándome - esta es su parte del trabajo. Yo ya he estado aquí y no necesito verlo de nuevo. A las seis en punto vendré a buscarle. Mientras tanto mire a ver qué averigua, si es que averigua algo.

El tono de la última frase no me gustó nada. La miré mientras se alejaba por el pasillo. Tenía una figura bastante aceptable. Cuando la perdí de vista, volví a mi realidad de nuevo. Estaba plantado ante la puerta del despacho de un cadáver. Ya nada me sorprendía. Empezaba a sentirme parte de aquella novela de policías.

Miré el reloj. Eran las cuatro y aún no había comido. Aprovechando que había alguien por allí, pregunté por una máquina de vending. No podía investigar con el estómago vacío. Me fui a por algo de comer.

Estuve de vuelta en menos de quince minutos, después de comerme un paquete de galletas Oreo y beberme un zumo con leche sabor tropical. Es lo que acostumbraba a comer en el centro de operaciones en Huigan S.L. cuando media red de móviles estaba caída. Entonces tampoco había tiempo para comer.

Aparté de nuevo la cinta. Me sentía una persona importante atravesando una cinta policial donde se escribía la frase "acceso restringido". Tenía que terminar cuanto antes el caso, descubrir al asesino, para poder contarlo en el trabajo a mis compañeros. Si no, ¿de qué valía todo esto?

Entré en el despacho. Era pequeño. No creo que midiera más que mi cuarto de baño. Al fondo la mesa de trabajo ocupaba todo el ancho del cuarto, iluminada por una ventana que quedaba justo encima. Una persiana impedía el acceso de la luz directa por lo que era necesario tener la luz encendida para poder ver claramente. Una silla con ruedas estaba encajada delante de la mesa y una cajonera la arrinconaba hacia uno de los extremos de la misma.

La mesa estaba desastrosamente organizada. Algo que en el centro de operaciones era impensable ya que todo el mundo debía dejar el puesto recogido para que el técnico que entrara de guardia pudiera trabajar con un mínimo de higiene. Pero parece ser que la víctima no era conocida por su orden y limpieza. La mesa es taba llena de papeles, había un tablón en una de las paredes llena de papeles pin - chados unos encima de otros y también había una papelera llena de bolas de papel. Un ecologista no aguantaría estar a llí.

Aparté la silla y me senté. ¿Por dónde empezar? No sabía lo que andaba buscando y no era policía, ni detective.

Miré alrededor muy despacio y empecé a pensar en cómo atacaría un problema dentro del centro de operaciones. Eso e ra lo que sabía hacer. Pensé que cuando algo me venía grande lo que hacía siem - pre era dividirlo en problemas más pequeños para lu ego atacarlos uno a uno. Cómo dividir aquél problema era lo prime ro que tenía que pensar.

Norma me había dicho que el investigador estaba est udiando un so - ftware de mensajería instantánea. ¿Cuál? Podría ser el primer paso, encontrar la empresa.

Empecé a levantar papeles de la mesa buscando nombr es propios. De vez en cuando encontraba alguno pero no me decía n nada. Al cabo encontré uno que me llamó especialmente la ate nción. Era griego: "Filípides"

Recientemente había leído una novela sobre la batal la de Maratón entre griegos y persas. Filípides era el mensajero que informó a los griegos de la victoria. ¿Podría ser nuestro program a?

Marqué el número de mi compañero.

- ¡Jorge!

Apagón

- ¡Qué pasa Dudu! - Así se me conocía en el centro de operaciones. Qué le vamos a hacer. - ¿Dónde te metes? Te está buscando media empresa.

- Ya me gustaría poder contártelo pero no es el momento. Quizá mañana, tomando café.

- Bueno, bueno, ¡cuanto misterio!, tú dirás.

- ¿Me podrías buscar un nombre en internet? Donde estoy no tengo el ordenador conmigo y aún no he configurado el internet del móvil desde que se le fue la pinza.

- Dime, cuál es.

- Filípides

- Ese era un griego, ¿no?

- Sí, pero me interesa más saber si hay algún programa con ese nombre.

- Pues sí. Es una aplicación para smartphones de mensajería instantánea. La empresa que lo ha desarrollado es Coleos Corp.

Tomaba nota a la vez que escuchaba y apunté algún que otro detalle que me fue comentando, como que era una empresa de software griega.

- Gracias Jorge. Con esto me vale. Ya hablaremos.

- Ok, pásalo bien allá donde estés.

- Adiós.

Ya tenía la empresa de software y el programa en cuestión: Filípides.

Apagón

Siguiente paso, entender qué tiene de interesante este programa. Una aplicación de mensajería instantánea para smartphones no es precisamente lo que yo considero un motivo para matar. Había decenas de ellas para Apple y Android. Tenía que seguir buscando. Ahora que sabía de qué estaba hablando, encontraba una y otra vez aquél nombre subrayado en multitud de papeles ya fuera en la mesa o en el tablón.

En el tablón, una serie de recortes de periódicos formaban un colash. Todos los artículos estaban relacionados con incidentes ocurridos en Grecia en los últimos meses. Había también uno de Irlanda. No veía la relación. Todos estaban relacionados con apagones tecnológicos que habían tardado horas en recuperar y que habían generado pérdidas millonarias a las economías de Grecia e Irlanda.

Volví a la mesa y empecé a rebuscar más a fondo. ¿Habría alguna memoria USB con datos en algún sitio? Aquél investigador debía de guardar, además de papel, algún documento electrónico con su trabajo. Me agaché para ver por debajo de la mesa. No se veía nada. La mesa, opaca como era, no permitía que la luz llegara hasta la zona más profunda de la mesa. Tuve que alargar la mano y tantear el fondo a ciegas. Encontré un hueco.

Aparentemente no había nada allí dentro pero una pieza móvil podía desplazarse hacia uno de los lados. La desplacé y un sonido seco sonó justo por detrás de mí. Me levanté mirando alrededor. Algo había pasado pero no lo había visto. Revisé la estancia con la mirada hasta que mis ojos se posaron en el tablón. Un machete estaba clavado en el mismo. El mecanismo había soltado el machete que pendía del techo con un hilo atado al extremo opuesto a la cu-

Apagón

chilla. No se me había ocurrido mirar al techo cuando entré. Estaba clavado en un extremo del tablón... sobre uno de los recortes.

Apagón

Capítulo 7

Aquello no podía ser casualidad. El método era un poco friqui, sacado de una película de Hollywood pero debía de significar algo. El resorte estaba escondido. Había que estar buscando algo para poder encontrarlo y el mecanismo, de no ser activado no indicaría nada, excepto que al hombre le gustaban los machetes.

Me acerqué hacia el recorte de periódico. El machete se había clavado en una esquina del mismo, no en el centro como cabría esperar si realmente quisiera señalar el texto. Además, una vez leído, el recorte no difería de los demás. Eran la misma noticia, recortada de diferentes periódicos de la misma fecha. También hablaba del apagón tecnológico. Era desconcertante. No daba nombres ni lugares concretos. Hablaba de Grecia y del caos que el apagón había producido en las comunicaciones del país. Por lo que pude leer, Grecia no estaba preparada para un apagón tecnológico que afectara a varias redes móviles simultáneamente. El colapso fue total, la red de telefonía fija estatal no estaba dimensionada para absorber todo el tráfico y los núcleos de red se saturaron en cuestión de horas bloqueando al resto de operadoras móviles que interconectaban con ellos. El servicio se restableció en las siguientes ocho horas pero se perdieron transacciones comerciales por valor de varios miles de millones de euros. No había datos sobre lo que lo había provocado.

Apagón

Me alejé dos pasos para verlo en perspectiva. Intenté encontrar un patrón dentro del tablón intentando correlar la posición de las imágenes con alguna figura imaginaria y el machete. Debía de significar algo. Eso era seguro. Me volví a acercar y esta vez me centré en el machete. Era de doble filo, siendo uno de ellos dentado. El mango era verde militar, de plástico, sin muescas. Aparentemente aquél cuchillo era nuevo. Lo agarré con la mano para notar su tacto y lo desclavé de la pared. No fue fácil. Había atravesado la madera y estaba incrustado en el yeso de la pared. Tiré con fuerza, realizando movimientos de arriba a abajo y lo conseguí. El último tramo tiró del tablón hacia mi, dejando caer un sobre escondido detrás del mismo.

Solté el cuchillo en la mesa y me agaché a por él.

El sobre contenía varios folios DIN A4. Llevaban impresos largas cadenas de códigos hexadecimales, que me sentía incapaz de descifrar pero de vez en cuando se podían encontrar círculos rojos alrededor de parte de ellos con anotaciones al margen.

Decidí que si algo de aquella habitación había sido el motivo del asesinato debía de ser aquello. Pero aún no sabía qué significaba.

Norma apareció en la puerta cuando volvía a meter las hojas en el sobre.

- Qué sabueso, ¿has encontrado algo?
- No lo sé. Esto - le enseñé el sobre que tenía en las manos - puede ser algo. O puede que no. Tengo que estudiarlo.

Apagón

Se acercó y tomó el sobre entre las manos. Sacó los folios los miró y los volvió a meter.

- No entiendo nada de lo que dicen - dijo mientras me devolvía el sobre con un deje de desprecio en la voz - mire a ver si puede hacerme un resumen. ¿Ha terminado ya?
- Sí, no he visto nada más que pueda servir.
- Pues vámonos, tengo mucho que hacer. He de pasar por comisaría antes de las ocho.

Nos dirigimos hacia la salida del edificio recorriendo el laberinto de pasillos en dirección contraria. Según empecé a andar noté una mirada en mi nuca. Un cosquilleo me alertó de que alguien me miraba y me permití el lujo de mirar de reojo hacia atrás. Fugazmente pude ver cómo alguien se ocultaba tras una de las puertas que lindaban con la de la víctima. No me paré y seguí hacia delante.
Norma salió con paso apresurado del edificio hasta el coche. No me atrevía a preguntar qué se suponía que debía hacer yo. Simplemente la seguía manteniendo el sobre junto a mi pecho.

Entramos en el coche y recordé que debía llamar a mi mujer. Pero antes tenía que saber algo más.

- ¿Dijo usted que nos moveríamos entre Burgos y Valladolid, por lo que entiendo que ahora nos dirigimos a Burgos, verdad? - dije
- Correcto. En una hora estaremos allí.
- ¿Me necesita usted para algo más o puedo volver a Madrid hoy?

Apagón

- La verdad es que no, no le necesito. Nunca le he necesitado pero no tengo más remedio que cargar con usted. Confío en que pronto encontrará algo o nada y podré seguir con la investigación como lo hago habitualmente.

No me respondió a la pregunta por lo que seguía teniendo las mismas dudas
- Entonces, desde Burgos me pillaré un taxi y recogeré mi coche.
- No me ha entendido, por lo que veo. - dijo ella con un tono sarcástico - usted tiene que quedarse en Burgos. Mañana a primera hora tenemos que estar en marcha y no es muy operativo que usted esté en Madrid. Le dije que necesitábamos su total disponibilidad.

Suspiré hondo mientras miraba por la ventanilla del coche. No me podía creer lo que acababa de oír. Esto se estaba volviendo cada vez más complicado de asimilar. Ahora cómo se lo decía yo a mi mujer, sin contarle nada. Me calmé respirando hondo y me di por vencido. No iba a servir de nada discutir. Lo mejor era acabar con esto cuanto antes.

El resto del viaje lo pasamos callados. Ella no apartaba la mirada de la carretera ni yo del cristal de la ventana, por el que ya no veía nada más que mi reflejo y las gotas de lluvia que se deslizaban hacia abajo.
Llegamos a comisaría y enseguida Norma se sentó en una mesa y se puso a pasar a ordenador las notas de su libreta. Un funcionario me indicó en qué hotel me habían alojado. Me dio un par de indicaciones para que pudiera acercarme caminando y en cuanto pude me fui de allí.

Apagón

Mientras caminaba decidí llamar a mi mujer. No tenía sentido no contarle nada.

- Hola cariño, ¿cómo lo llevas? - gracias a Dios tenía una mujer encantadora y extremadamente comprensible.
- Esto es una pesadilla - dije tratando de allanar el terreno.
- ¿Qué pasa?
- Me tengo que quedar en Burgos. Déjame que te cuente ...

Estuvimos media hora hablando de lo que estaba haciendo allí, omitiendo los detalles que consideraba más confidenciales, pero le quedó claro que estaba realizando un servicio a la comunidad, que no podía rechazar.

- Así que mañana te llamaré y te iré contando si hay visos de que esto termine pronto.
- Vale cariño, ¡demuéstrales lo que vale un ingeniero! - Me entró la risa.
- Hecho, adiós cariño.
- Adiós, hasta mañana.

Corté la llamada y anduve los quince minutos que me quedaban para llegar al hotel. En esos minutos aproveché para llamar al centro de operaciones de Huigan.

- Jorge - contestó una voz al otro lado.
- ¿Qué tal compi? Soy Eduardo.

Apagón

- ¡Hombre, el desaparecido! Al final te estás escaqueando de la guardia.
- Ya quisiera yo estar haciendo mi guardia, esto es mucho peor.
- Vaya, para que digas eso, tiene que ser jodido. ¿Dónde estas?
- No te lo puedo decir, pero necesito tu ayuda.
- Dime
- Esta noche trataré de mandarte un documento. Necesito que me ayudes a analizarlo.
- Vale
- Pero no puedes decírselo a nadie. Necesito a alguien del centro de operaciones porque esto me viene grande, pero es confidencial. ¿cuento contigo?
- Pues claro. Si tenía alguna duda, con lo que me acabas de decir, me la has despejado. Mándamelo.
- Otra cosa más. Te voy a dar unos datos para que me investigues la relación que hay entre ellos.
- Dime, estoy preparado
- Grecia, Irlanda, mayo 2010, Filípides un software de Coleos Corp. Mira a ver qué encuentras.
- Vaya, me estoy emocionando solo de escucharlo. ¿Para cuando lo quieres?
- Lo primero que necesito es la relación entre ellos. Luego échale un vistazo al documento a ver si eres capaz de relacionarlo también.
- Ok, me pongo con ello.
- Gracias, tío. Cuando termine todo, te debo una muy gorda.
- Ya está apuntada.
- Gracias, adiós.
- Adiós.

Apagón

Entré en el hotel. Todo lo que podía hacer estaba ya en marcha. Era hora de descansar. Subí a la habitación, dejé el sobre sobre la cama y me desnudé para darme una ducha. Antes de meterme en el baño decidí mandar el documento a mi compañero. Saqué una foto de cada hoja y se lo envié por mensajería multimedia desde el móvil. Guardé de nuevo las hojas en el sobre y dejándolo en la mesa me metí en la ducha.

Tardé como veinte minutos dejándome llevar por el masaje de agua caliente sobre la nuca. Dejé mi mente en blanco durante un rato y luego se me fue hacia Norma. Que joven tan extraña.

Cuando salí de la ducha, el sobre ya no estaba...

Capítulo 8

- ¿Que los has perdido?

Eran las ocho de la mañana cuando me presenté de nuevo en la comisaría. No había apenas personal, pero Norma ya estaba inclinada sobre su mesa, tal cual la había dejado la tarde anterior. Me dirigí hacia ella y sin esperar siquiera el saludo matutino, se lo conté. El sobre había desaparecido y con él los documentos.

- ¡Cómo podemos trabajar con novatos!

Norma me había llevado a un despacho y había cerrado la puerta tras de sí con fuerza, estaba claro que no quería esconder su rabia. Necesitaba dejarla salir. Actualmente se encontraba de pié frente a la mesa, de frente a mi y con las manos apoyadas sobre ella. Me miraba fijamente.

- ¿Eres consciente de que has perdido pruebas del caso? - no apartaba la mirada.

- No las he perdido, las han robado.

- ¡Ya! Perdona si no te creo.

- Tengo las fotos que saqué ayer antes de que desapareciera el sobre. Al menos los datos están.

- Ese no es el caso, esas fotos sin el documento original no valen de nada ante el juez. Además no habían sido analizados aún por nuestro equipo forense. Esto es un desastre. - Movía la cabeza de un lado hacia el otro.

Apagón

- Si es que qué necesidad habrá de trabajar con incompetentes. Este caso podría haberlo llevado sola mucho mejor. Ahora tengo que cargar con usted y no es capaz siquiera de guardar unos documentos.

Empecé a ponerme nervioso. Me sentía incómodo. Yo no había pedido esto, es más, no lo quería. Llevaba un día lejos de mi familia y esto no parecía ser un caso fácil. Yo quería volver y encima me llevaba una buena bronca.

- Aléjese de mi un rato - me soltó.

- ¿Perdona? - Aquello ya me hizo estallar. Quién se creía ella que era yo, ¿uno de sus lacayos? - veo que no está usted aquí para escuchar y yo no estoy aquí para aguantar a personas como usted. Por favor llame a la secretaría de Telecomunicaciones y dígales que mis servicios han terminado, que ya no son necesarios. Estaré encantado de volver a casa y no verla a usted jamás. No creo que una persona como usted esté preparada para oír teorías de un tecnicucho como yo, que para usted no le llego ni a la suela de los zapatos. No los he perdido, me los han robado y creo saber por qué, pero eso a usted no le interesa, porque sólo le interesa usted y colgarse medallas. ¡Pues ala, llame! Estaré esperando ahí fuera para que me avise cuando pueda irme.

Cogí la puerta y me fui.

Fui directo a la cafetería. No había desayunado aun y necesitaba un café. Introduje treinta y cinco céntimos en la ranura de la máquina y apreté el botón de café cortado. Mientras se terminaba el proceso me apoyé sobre la encimera y agaché la cabeza para pensar. En esa postura me quedé hasta que la máquina dio el aviso de que el café ya estaba preparado. Me agaché a por él, levantando la trampilla de acceso al vaso.

- Cuéntemela
- ¿Cómo? - dije dándome la vuelta con el café en la mano.
Norma estaba en la puerta de la cafetería apoyando uno de sus costados sobre el marco de la misma. La luz del sol recortaba su silueta.
- Cuénteme su teoría - Su tono era mucho más calmado, incluso agradable. Nada que ver con cómo se había expresado en el despacho.
- Eh..., pues bien, ah sí la teoría - removí tres veces el café y chupé durante un rato el palo mientras me organizaba las ideas. Tenía muchos datos pero aún no los había puesto en orden en mi cabeza.
- ¿Recuerda los recortables de periódico del despacho de la víctima? - Ella asintió - Todos hacían referencia a una serie de apagones tecnológicos que se produjeron tanto en Grecia como en Irlanda en Mayo de 2010- empecé a andar para darme tiempo a estructurar la teoría de manera que fuera coherente - Aquellos apagones afectaron a importantes transacciones económicas que quedaron bloqueadas, no pudiendo producirse hasta horas más tarde.

Finalmente me senté, con el café en la mano y saqué de mi chaqueta una serie de notas que la noche anterior había escrito sobre un papel con el nombre del hotel en el membrete. Las miré durante unos segundos.

- Dentro del despacho de la víctima, había un nombre resaltado en varios papeles mediante subrayados y círculos. Aun no entiendo que vinculación tienen con el caso pero se refieren a un software de mensajería instantánea llamado Filípides. Estoy estudiando a la empresa que lo ha desarrollado intentando relacionarla con los apagones, pero de momento no tengo nada claro. Lo que sí sé es que la víctima estaba estudiando su código cuando fue asesinado y algo me dice que no es casualidad.

- Según lo cuentas podría ser un caso de fraude internacional - comentó Norma.

- Aparentemente. Lo que más me llamó la atención de todo esto es que el código de un programa no es algo público. Es el más preciado secreto de un desarrollador de software, pero el investigador jefe del CSIC lo tenía. ¿De dónde lo sacó? ¿Quién se lo mandó? Quizá alguien de Coleos Corp. lo filtró al CSIC confiando en que aquí en España pudiéramos hacer algo para evitar el apagón.

- ¿Apagón? ¿Aquí en España? Por entender lo que me está sugiriendo, crees que los apagones fueron causados por Filípides, un software desarrollado por una empresa llamada Coleos Corp., con un propósito aun no confirmado y que alguien, movido por la culpa lo ha querido compartir con un investigador del CSIC para que lo evite, ¿es eso?

- Sí, más o menos. Sé que puede parecer una trama un tanto demasiado elaborada, pero es la que se me ha ocurrido hasta el momento, dados los datos con los que cuento.

- Bien, investigaré las llamadas y los correos de la víctima a ver si podemos averiguar quién le mandó esos listados de códigos. Usted intente averiguar por qué ese código era tan importante.

Apagón

Se levantó y salió por la puerta. Yo me quedé sentado en la mesa dándole vueltas a mi vaso de café. Seguía molesto por la bronca anterior y con ganas de volver a casa.

No pasaron ni diez segundos cuando Norma se volvió a asomar por la puerta de la cafetería.

- ¡Ah, se me olvidaba!, gracias y perdona por lo de antes. De verdad creo que está haciendo un buen trabajo.

Me quedé con la boca abierta.

- Por favor váyase a su casa y siga desde allí la investigación. Me pondré en contacto con usted mañana. No deje de llamarme con lo que descubra.

Mi humor cambió de repente. Aquella mujer era humana después de todo. Henchido de orgullo agarré mi chaqueta y me dispuse a salir. Por mi cabeza ya discurrían los siguientes pasos atropellándose unos a otros. Debía serenarme y estructurar adecuadamente las cosas. Lo primero que haría sería llamar a mi compañero a ver qué había encontrado.

Ensimismado como iba no me daba cuenta de que volver a casa no era algo sencillo. Mi coche seguía en aquél pueblo. El retorno no iba a ser inmediato.

Mi móvil vibró cuando salía del edificio. Era Jorge, su mensaje: "Peón a C-4"

Capítulo 9

Desde que recibiera la llamada de Eduardo, Jorge no había podido concentrarse en otra cosa.

El centro de operaciones radio de Huigan parecía un hervidero. A un par de horas de que el turno de tarde terminara se había producido una rotura de una de las fibras que llevaban el tráfico de usuarios móviles desde la controladora de acceso radio hacia los núcleos de red. La ruta de back up había entrado en funcionamiento pero sólo estaba dimensionada para garantizar el tráfico de voz y no el de paquetes. Los indicadores de servicio de datos entraron en congestión descartando accesos de usuarios a la red de datos y por lo tanto a Internet. Aquello no podía durar más de dos horas o se armaría una muy gorda. Pero aun así Jorge no pudo dejar de mirar los listados de códigos que le habían enviado a través del móvil. Los había descargado al ordenador y de allí los había mandado a la impresora. Con un rotulador fosforescente, llevaba media hora ya subrayando y redondeando secuencias de códigos hexadecimales que al común de los mortales no les diría absolutamente nada. Pero Jorge era un crack. Se había licenciado en la escuela de telecomunicaciones hacía seis años pero su pasión era el mundo IP, los sistemas de comunicación de datos y los códigos de encriptación y seguridad de las redes. Eduardo no lo había elegido por casualidad. Sabía que era la persona adecuada para aquella misión y estaba

Apagón

cumpliendo. Enseguida supo lo que tenía delante y la importancia de todo aquello.

El tiempo pasó más rápido de lo que él pensaba y poco a poco el centro de operaciones fue quedándose vacío. Tan solo quedaban los dos operadores del turno de noche, terminando de levantar señalizadores de la ruta principal que había sido recientemente recuperada.
Levantó la mirada del documento, cansado como estaba y con la espalda entumecida por una postura no muy correcta. Se estiró hacia atrás y dejó que cada músculo de su espalda volviera a colocarse en su lugar adecuado. Su investigación estaba llevándole hacia descubrimientos insospechados y apasionantes. Detrás de aquél código se escondía una bomba de relojería. Y tenía que llegar hasta el final. No había tenido tiempo todavía para buscar la otra relación: Grecia, Irlanda, Coleo Corps., Filípides, pero lo que había descubierto hasta ahora facilitaría mucho las cosas.

Necesitaba un café. Podía quedarse allí toda la noche si quisiera por lo que no había problema en deambular por el centro de operaciones aunque no fuera su turno. La cafetería estaba en la quinta planta del edificio por lo que salió a los ascensores y le dio al botón de llamada.
Mientras esperaba, su cabeza seguía pensando en los códigos. Movía la cabeza de un lado al otro con gesto de incredulidad. ¿Cómo se le podría haber ocurrido a alguien algo así? Se reía sólo de pensarlo.
La campana le avisó de que el ascensor había llegado. Las puertas se abrieron y entró. Subió hasta la quinta planta y una vez allí entró

en el inmenso comedor donde se encontraban las máquinas de café. A aquella hora el comedor parecía bastante más grande. La quietud que se respiraba allí le hacía estremecer a uno. Decidió que no quería pasar allí demasiado tiempo. Se acercó a la máquina más cercana e introdujo los treinta y cinco céntimos que costaba el café. El ruido de preparación del café empezó a sonar y llenó la estancia por completo..., excepto por una de las puertas de entrada que sonó como si alguien hubiera entrado. Jorge miró hacia un lado esperando encontrar a un compañero pero no había nadie. Se separó de la máquina y volvió a mirar, esta vez con un mayor ángulo de visión. No había nadie.

El pelo de la nuca se le erizó. El café aun no había terminado. Empezó a ponerse nervioso y a mover el pié de arriba a abajo como intentando bombear el café más rápido.

Cuando pudo recoger el café, Jorge decidió utilizar una de las puertas laterales del comedor que conducían directamente hacia las escaleras. Por allí podía acceder también a los ascensores. Cuando creyó que ya estaba a salvo fuera del comedor, sus sentidos pudieron relajarse. Se reía por dentro de su propia estupidez. Fue cuando iba a abrir la puerta de acceso a los ascensores cuando vio a una persona desconocida salir del comedor. ¿Qué hacía aquél tipo allí?

El hombre no llevaba identificador de Huigan y no le era familiar en absoluto. Decidió que no quería cruzarse con él. Se dio la vuelta y tomó la puerta que daba acceso a las escaleras. Al abrirla, empujando la palanca de emergencia, el ruido pareció ensordecedor, pero Jorge simplemente empezó a bajar las escaleras con tranquilidad.

De repente, la palanca de emergencia de la puerta de acceso a las escaleras volvió a sonar. Un piso más arriba de donde él estaba alguien cogía las escaleras para seguirle. No quiso parar a ver quien era, simplemente aceleró el paso y trató de ganar distancia.

De repente un disparo acertó en la barandilla de metal justo al lado de su mano. Un ¡Dios mío! se le escapó de la boca y su paso aceleró hasta casi caer de bruces en varias ocasiones. Un par de disparos más siguieron al primero hasta que llegó a la primera planta y accedió a la sala de operaciones. Aquello no podía ser casualidad. Tenía que ser por el código. Llegó hasta su mesa y cogió los papeles, los metió en un dossier y se dirigió hacia la salida de emergencia del edificio. Otro disparo le rozó el hombro. Empezó a arderle y le distrajo de los pasos que estaba dando haciéndole tropezar con una de las mesas. Cayó al suelo. Intentó sobreponerse pero se apoyó en el brazo equivocado. Una punzada de dolor le hizo caer de nuevo soltando un quejido profundo y desgarrador. No tenía tiempo. Sin pensarlo dos veces lanzó el dossier por encima de la cajonera de una de las mesas y se arrastró hasta un rincón donde se apoyó, sentado con la espalda en la pared. El brazo le ardía. Sacó el móvil con la mano buena y escribió: "Peón a C-4" Enviar...

El mensaje salió vía radio hacia la estación base que lo estaba cubriendo, camino de Burgos, en el momento en que una pistola encañonaba la cabeza de Jorge.

Capítulo 10

Volvía a Cilleruelo en un autobús de línea que hacía la ruta de Burgos a Lerma. Allí podría coger otro autobús que me llevara hasta Cilleruelo. Sólo tardaría dos horas y media en llegar, me había dicho una anciana que esperaba la cola conmigo en la estación de autobuses.

El kilómetro doscientos tres pasó justo por delante de mi ventana mientras mi mente se dejaba llevar utilizando el paisaje como fondo de pantalla. Mi lado derecho de la cabeza reposaba sobre el frío cristal y rebotaba a cada bache que el autobús se encontraba en la carretera, pero no dolía. La discusión de esta mañana con Norma me había dejado totalmente descolocado y no podía quitármela de la cabeza. La repasaba mentalmente una y otra vez y cada vez encontraba matices nuevos que interpretaba a mi manera, como gestos de algo que no había entendido bien o como si fueran mensajes cifrados que ella me estaba dando. En cualquier caso, aquella mujer me desconcertaba y no sabría explicar exactamente por qué. En cierta manera me daba lástima. Tenía la sensación de que aquella mujer estaba necesitada de una buena juerga o al menos reír un rato. A saber cuándo fue la última vez que lo hizo.

Mi mente volvió de nuevo a mi otra preocupación. Aproveché para cambiar la postura en el duro asiento del autobús ya que una de las piernas se me estaba durmiendo. El mensaje que Jorge me había dejado me había dejado desconcertado. Le había llamado. De hecho, lo había intentado varias veces pero siempre me daba apagado o fuera de cobertura. El mensaje no era normal, ¿por qué tan escueto?¿Por qué no me llamó simplemente?

Sabía lo que significaba, pero no entendía a qué había venido aquello. Cada operador, dentro del centro de operaciones tenía un código adjudicado a modo de tablero de ajedrez de manera que era fácilmente identificable a la hora de saber qué operador estaba trabajando con qué incidencia o qué operador había sido asignado para realizar un trabajo programado concreto, ..., nos permitía ubicarnos dentro de la sala sin tener que aprender los nombres de los operadores. El trabajo de operador tenía, en el centro de operaciones, mucha rotación de gente y después de varios meses, dejamos de intentar aprendernos los nombres de cada uno. Simplemente nos referíamos a su ubicación dentro de la sala. La jerga dentro del centro había sido aceptada por todos y ya era ampliamente utilizada.

Algo había en la mesa C-4. Algo había dejado Jorge allí. Tenía que llegar cuanto antes. Pasaría por allí antes de ir a casa.

A unos cuantos kilómetros de distancia, Norma se arrepentía de lo ocurrido. El ingeniero no se había rendido sin más como ella hubiera esperado que pasara. No, le pidió en cambio que sus jefes dieran su servicio por concluido. ¿Cómo iba a hacerlo con el caso en un punto muerto?

Robarle el sobre con los papeles había sido un acto ruin, lo reconocía y ahora se sentía culpable. A cambio él le había devuelto un argumento, una pista que, aunque remotamente, tenía algo de sentido y abría nuevas líneas de investigación. Movió la cabeza de un lado a otro como negándose el hecho de ella pudiera haber hecho algo así.

No era la primera vez. Así se había granjeado la enemistad de muchos compañeros de la comisaría y por eso investigaba siempre sola. Pero ya no le gustaba y cada vez que volvía hacerlo, se lo reprochaba durante horas.

Cada noche llamaba a su madre y cada vez con menos frecuencia, ella le preguntaba si había alguien en su vida. Y no, no había nadie y no lo habría si seguía comportándose de esa manera. Su madre estaba perdiendo ya toda esperanza.

Decidió aprovechar la hora de la comida para irse a casa. Allí metió un tapper en el microondas y lo puso a descongelar. Mientras, se desnudó y se metió en la ducha. Necesitaba descansar y despejar la mente. Dio el agua caliente y la reguló con fría hasta que estuvo soportable. Se metió en la bañera y dejó que las finas gotas golpearán su nuca y rodaran por su espalda hasta caer al fondo. Era ciertamente placentero y relajante, pensaba mientras realizaba movimientos circulares con la cabeza. Mientras se lavaba la cabeza volvió su mente de nuevo al caso. Había pedido que le mandaran los listados de correos y teléfonos asociados a la víctima y que pudieron utilizar para contactar con él cerca de la fecha de su muerte. Hasta media tarde no los tendría.

Salió de la ducha y se envolvió en una toalla a la altura del pecho e hizo lo propio con su cabello, envuelto con un turbante. Decidió, comer así, ya se vestiría después. Se fue a la cocina y encendió el televisor antes de sentarse a la mesa, delante del tupper. Empezó a cambiar canales hasta dar con las noticias. Dejó el mando en la mesa y abrió la tapa. Le habían tocado unas judías blancas. Ya ni se acordaba cuando había sido la última vez que las comió, por lo que no sabía cuánto tiempo llevaban en el congelador. Metió la punta de la cuchara y las probó.

Estaban un poco frías aún pero no quería perder más tiempo. empezó a comer. Mientras tanto escuchaba las noticias.

"...en la empresa un individuo había entrado pistola en mano y había asesinado a dos personas, que se encontraban en la primera planta del edificio. Las cámaras de Huigan S.L. no han podido mostrar un rostro reconocible del presunto asesino..."

- ¿Huigan? - la cuchara se le cayó de la mano sobre las judías haciendo un ruido sordo. Miraba fijamente el televisor - ¡Dios mío!

Apagón

Capítulo 11

Aparqué mi vehículo en el aparcamiento del recinto, justo enfrente
del primer edificio de los tres que formaban el complejo empresarial. Los dos primeros estaban alquilados a Huigan S.L.

Nada más bajarme del coche noté que algo estaba pasando. En el
aparcamiento había dos coches de la policía nacional con las luces
de emergencia aún girando. Había también grupos de gente alrededor de la puerta de entrada y una unidad móvil de televisión apar-
cada enfrente del edificio dos.
No era la primera vez que alguna autoridad del gobierno visitaba la
empresa. Era una multinacional con grandes inversiones de capital
en España y había buenas relaciones con el ministerio de industria
y la embajada. Se esperaría a alguien hoy.
Entré en el edificio y me dirigí directamente a la puerta de acceso a
las escaleras. Iba al primer piso, por lo que no tenía sentido esperar
al ascensor. Subí los escalones de dos en dos. Tenía prisa por llegar
a casa. Llevaba un día fuera y era como si llevara un año entero.
No quería perder mucho tiempo. Era ya mediodía.

Llegué al recibidor del primer piso, donde se encontraban los ascensores y me sorprendió encontrarme una banda amarilla de la policía nacional cortando el acceso al centro de operaciones radio.
Eso ya no era normal. Me quedé bloqueado mirando fijamente la

57

banda. Esto no me lo esperaba. Y ahora qué. Necesitaba acceder allí.

Me acerqué más a la puerta y traté de mirar por encima del vinilo del cristal que impedía que se viera el interior a través del mismo hasta una altura de un metro ochenta. No veía a nadie. Miré hacia atrás. Tampoco había nadie.

Bajé de nuevo a la planta baja buscando a alguien que me pudiera informar. Un agente se encontraba en recepción hablando con una señora de la limpieza y tomando notas al mismo tiempo. Le interrumpí.

- ¡Perdone! ¿Qué ha pasado aquí?

- Y usted es...

- Eduardo, trabajo en la primera planta y necesito acceder. Pero está acordonada.

- No se puede acceder, en esa zona se ha cometido un crimen y no podemos dejar que nadie acceda de momento.

- ¿Un crimen?¿Quiere decir... que alguien...?

- Alguien ha matado a alguien, sí.

Me quedé de piedra. ¿En Huigan? ¿Algún empleado descontento? Parecía un argumento sacado de una película. Me volví pensando en darme por vencido pero entonces una luz se me encendió en el cerebro y una desagradable duda me vino a la mente. Me volví de pronto y me abalancé sobre el agente de policía.

- ¿Cómo se llamaba la víctima? - le dije casi suplicándole que no me lo dijera.

- No puedo decírtelo. No puedo desvelar detalles de una investigación policial.

Apagón

- Soy asesor de la policía nacional - dije recuperando la compostura para dármelas de importante.
- ¿Ah, sí? - no lo dijo muy convencido.
- Sí, puede usted verificarlo con Norma ... - en ese momento me di cuenta de que no recordaba su apellido.
- Sí, sí, por favor déjeme continuar con esta señora y si quiere más tarde hablamos del tema.

Me volví y marqué el número de Norma, algo que pensé que jamás ocurriría. Norma me descolgó enseguida.
- Norma - siempre respondía dando su nombre.
- Hola Norma soy Eduardo.
- Hombre, contigo quería yo hablar.
- ¿Por? - esto me pilló totalmente fuera de juego.
- ¿Con quién has compartido datos de la investigación? - se la notaba furiosa.
- Eh..., bueno..., ¿por qué? - es lo único que acerté a decir.
- ¿Dónde está ahora mismo?
- Ese es el tema de mi llamada. Algo ha ocurrido en Huigan. Han matado a alguien y no puedo entrar. Necesitaría tu ayuda para convencer a alguien... - no me dejó continuar.
- Veo que no lo entiendes. Alguien ha sido asesinado porque alguien le ha contado a alguien de Huigan algo que no debía.

Un escalofrío me recorrió todo el cuerpo. ¡Dios! no podía ser. No, no. En mi mente se me agolpaban multitud de sentimientos encontrados. Tenía que confirmar la identidad de la víctima.

- Necesito entrar - dije tajante.

Apagón

- Déjame a ver qué puedo hacer. Pero necesito verte esta misma tarde. Este giro de acontecimientos le da una nueva perspectiva a nuestra investigación. Voy de camino. No se mueva de la zona y nos vemos en una hora.
Colgó.

- ¡Caballero! - alguien se dirigía a mi. Levanté la cabeza. Era el agente con el que había estado hablando antes - Acabo de recibir una llamada de la central. Me acaban de confirmar que en verdad es usted un asesor de la policía. Dígame qué necesita.
- El nombre de la víctima
- Jorge, Jorge Crespo.
- Dios mío - no fue un Dios mío de sorpresa sino más bien un Dios mío de desesperación. Volví a caer pesadamente sobre la jardinera sobre la que había estado sentado. Me agarré la cara con las manos y me froté los ojos.

Me levanté de nuevo y le pedí al agente que me acompañara dentro. Tenía que entrar al centro de operaciones.
Subimos juntos y me abrió la puerta levantando la banda para que yo pasara. Me pidió que no tocara nada.
Me fui directo a la mesa del operador C-4. Se podía ver aun el reguero de sangre dejado por Jorge y más allá, contra la pared, el reguero se convertía en una mancha de sangre arrastrada por el suelo.
Me entró un escalofrío sólo de pensar el dolor que debió pasar y el miedo ante la visión de verse muerto. Me di cuenta que tras los sudores fríos que tenía, empezaba a marearme. Me senté en la silla del operador C-8, en el extremo de la fila, mientras me recuperaba mirando fijamente al suelo y a aquél rastro de sangre que tan solo

en las series de la televisión había visto antes. Pero ese era verdad y era de Jorge.

Había pasado un cuarto de hora, repasando mentalmente lo que podía haber sido la secuencia del crimen, sin querer siquiera pensarlo. Al menos me estaban sirviendo para algo todas aquellas sensaciones. Generaron dentro de mi una determinación que hasta entonces no tenía: debía llegar al fondo de todo aquello, atrapar al asesino. Se había convertido en algo personal.

Me levanté de golpe. Me acerqué con pasos enérgicos hacia el puesto número 4 y revisé a fondo la mesa. No encontraba nada fuera de lo normal. ¿dónde habrá podido dejar lo que sea que haya dejado? Finalmente me agaché y encontré un montón de papeles semi apilados sobre la cajonera. Los cogí, los puse encima de la mesa y los revisé por encima por si algo me parecía familiar.

¡Bingo! La palabra Filípides venía escrita en el margen de uno de ellos. Los recogí de nuevo, los doblé y me los metí por dentro de los calzoncillos y la camisa. No me los podían quitar.

Salí del edificio, me despedí del policía y me dirigí hacia el café La Muralla, justo enfrente del complejo.

Una vez allí, me senté en una mesa, pedí un café y saqué los papeles de Jorge. Los alisé con la mano y empecé a leer. No había mucha gente en el bar ya. Se habían dado las comidas y quedaban unos pocos clientes tardíos tomando el café. Miré alrededor y me llamó la atención una persona que, sin tener claro por qué, no encajaba allí con el resto del entorno. No se había quitado el abrigo ni la gorra pese al calor que hacía en el local y miraba un periódico sin mirar nada concreto, pasando la vista por las hojas sin ningún orden aparente. Pero quién era yo para juzgarlo. Estaba demasiado nervioso y algo asustado. Ojalá Norma estuviera allí.

Me concentré en los papeles. Enseguida me llegó el café y con el primer sorbo me quemé la boca. Decidí que me lo debía de tomar con más calma. Eché el azúcar y removí el café pausadamente tratando de calmar mi ritmo cardíaco. Los papeles eran en parte los códigos que yo le había enviado pero había una hoja con notas manuscritas del propio Jorge. La cucharilla se me cayó de pronto de los dedos que la sujetaban provocando una salpicadura de café sobre los papeles. No me podía creer lo que estaba leyendo. ¡Dios! necesitaba urgentemente a Norma.

Apagón

Capítulo 12

Norma conducía a toda velocidad por la autovía nacional uno en dirección Madrid. No respetaba los límites de velocidad pero le daba igual. Las multas no le afectaban y tenía demasiada prisa. El asesinato en Huigan le daba al caso una nueva perspectiva. El crimen del ingeniero del CSIC había pasado, dentro de su mente, de un posible ajuste de cuentas por robo de patentes o códigos de programas informáticos a algo más complicado. No sabía si ese tal Jorge había visto los códigos o no pero no podía ser casualidad que justo después de descubrirlos, otro ingeniero, esta vez de Huigan, la empresa a la que pertenecía Eduardo, muriera también asesinado, de un tiro en la cabeza. Si realmente Eduardo había compartido información con la nueva víctima, dicha información era la clave y tenía que saber qué era.

Subía ya hacia el puerto de Somosierra y a ambos lados de la carretera se empezaban a ver montones de nieve, apartados recientemente por un quitanieves. Confiaba, según iba subiendo que la situación no se volviera más complicada. No iba preparada para la nieve, ni cadenas ni fundas. Y no tenía tiempo para paradas inesperadas.
Sus peores temores se hicieron realidad dos kilómetros más adelante. La subida estaba cerrada al paso de vehículos sin cadenas dada la cantidad de nieve que empezaba a caer de nuevo y la situación

Apagón

de la calzada. Un guardia civil la desvió de su carril y la obligó a pararse en la cuneta a unos tres kilómetros del túnel. Una vez parada, golpeó con todas sus fuerzas el volante y maldijo en voz alta su suerte, aunque nadie podía oírla.

Se bajó del coche y se acercó al guardia civil. Le enseñó la placa.
- Buenas tardes, ¿vamos a tener que esperar mucho?
El guardia civil miró la placa y dirigiendo la mirada de nuevo al tráfico dijo:
- Para un rato. La carretera está llena de nieve y el quitanieves está realizando el trayecto de bajada. En unos treinta minutos podremos empezar a subir. Al otro lado del túnel, la cosa no mejora. ¿No lleva cadenas?
- No.
Se dio la vuelta. No había nada que hacer. Al menos en el coche estaría caliente.

En el bar, yo seguía revisando el código que tenía delante de mi. Eran seis hojas en código hexadecimal sobre las que Jorge había ido sobre-escribiendo, según lo iba interpretando. El código representaba el protocolo de comunicaciones entre el móvil y el sistema de mensajería instantánea que permitía establecer canales de comunicación entre usuarios. Los primeros mensajes que se intercambiaban tan sólo tenían como finalidad identificar a los usuarios, definir si estaban dados de alta en el sistema y registrar las direcciones IPs establecidas por la red de datos para poder proceder al envío de paquetes de mensajes. Una vez registrados, se establecían canales de comunicación tanto para la señalización como para los datos.

Apagón

Con los de señalización se permitía a los móviles estar en contacto con la red y los sistemas de mensajería permanentemente y con los de datos se transmitía la información. El protocolo también definía cómo se liberaban los canales cuando pasado un tiempo prudencial, los usuarios dejaban de enviar mensajes.

Jorge había realizado un trabajo meticuloso. Cada línea de código estaba segmentada con trazos oblicuos escritos a lápiz, identificando así los distintos mensajes que se intercambiaban. Identificaba igualmente los códigos de seguridad que permitían a los receptores asegurar que la información recibida era la correcta y que los paquetes no contenían errores. Cada trozo de código tenía una anotación al margen con el significado del mismo e incluso en algunos, identificaba para qué servía o la finalidad que tenía.

En la tercera página, estaba lo mejor. Escrito con bolígrafo rojo y subrayado había escrito las palabras "código de cuenta atrás" y debajo, con una letra más pequeña para que pudiera caberle todo, decía "algoritmo de cuenta atrás en función de la variable usu"
Revisé el resto de los papeles intentando identificar la variable en cuestión, pero no veía nada en las anotaciones al margen. Volví a la primera página y entre las tres primeras líneas lo encontré. "usu" era el nombre de la variable que identificaba al usuario registrado en el sistema de mensajería.

¿Pero qué significaba todo aquello? ¿Una cuenta atrás para qué? Seguí leyendo de nuevo a partir del comentario de "cuenta atrás".

Apagón

Me llevó una hora más y en la quinta hoja encontré la respuesta. El código tenía aparentemente un error. Cuando el conteo llegaba a cero, el sistema dejaba de liberar los canales.

Leí el resto del código pero no hubo nada más que atrajera mi atención. El error era importante, no podía funcionar así o de lo contrario saturaría la red de datos siempre y cuando no se re-iniciara el sistema de vez en cuando. Era una torpeza importante del programador pero, ¿merecía la pena matar por ello?

Miré el reloj. Habían pasado dos horas y media desde que hablara con Norma y no había llegado todavía. Estaba cansado y necesitaba llegar a casa. Decidí que era hora de irse. Norma llamaría más tarde y entonces quedaría con ella.

Me levanté, pagué el café en la barra y me fui. El personaje sospechoso aún seguía en el bar sentado y hojeando el mismo periódico. Le observé por el rabillo del ojo. Ni se inmutó cuando pasé a su lado.

Salí a la calle y enseguida el frío me recordó en qué estación del año estábamos. El frío seguía siendo insoportable y las nubes amenazaban lluvia o algo peor. Apretándome las solapas del abrigo sobre el cuello me dirigí hacia el parking donde había aparcado el coche. Ya no quedaba nadie en la entrada del edificio. La policía se había marchado y por ende, los medios de comunicación. Abrí con el mando a distancia el coche que me saludó como siempre con un guiño de luces intermitentes. Me monté y me dirigí hacia la barrera. Con un saludo desde el interior del coche, el guardia de seguridad me levanto la barrera y salí del recinto. Sin que yo lo viera, otro coche arrancó y se colocó detrás mía.

Conduje por el distrito de Las Tablas hacia la incorporación de la M30 por el nudo de Manoteras. Desde allí cogí la desviación de Costa Rica para acceder hacia Bravo Murillo. El tráfico no era excesivo, aun o había llegado la hora punta.

Callejeando, según la rutina de siempre y dejándome llevar por el GPS interno que nos permite a todos llegar a casa casi sin saber cómo, llegué a la puerta del garaje del edificio de mi casa. El coche que me seguía paró en zona verde, justo antes de mi garaje. Yo no lo vi, ensimismado como estaba con los detalles de este caso y la muerte de Jorge. Me dejé llevar rampa abajo hasta mi plaza. Antes de que se cerrara el portón, alguien se coló dentro y bajó la rampa andando.

Paré el motor y me quité el cinturón. Habían sido unas jornadas muy largas. Casi añoraba la guardia que tanta pereza me daba cada vez que me tocaba. Esto era peor. Me relajé un rato apoyando la cabeza sobre el volante de cuero negro del coche. Notaba como la barra se me iba clavando en la frente y sonreí pensando en que me dejaría una marca extraña en la misma. Pero me daba igual. El garaje estaba en silencio, con una luz tenue. Se notaba la paz..., una pisada. El cuerpo se me puso en alerta. Había oído una pisada en aquella quietud. El instinto me hizo mirar por el retrovisor. Una silueta se recortaba en el espejo y llevaba una pistola en la mano.

Apagón

Capítulo 13

Cada minuto de espera se hacía eterno. Las ideas se agolpaban en-
tretanto en la mente de Norma que parecía una máquina a todo gas.
Nunca se había sentido tan desconcertada con un caso. Siempre
utilizaba las mismas pautas de investigación y hasta ahora tarde o
temprano daba con la clave que le llevaba hasta el asesino, ladrón o
cualquiera clase de malhechor culpable de un delito. Pero algo en
esta investigación no seguía la lógica de su instinto investigador. A
cada paso que daba aparecían nuevas vías de investigación. Era
como si alguien hubiera urdido una trama deliberadamente comple-
ja que fuera imposible de seguir o al menos llevara tanto tiempo de
desmadejar que antes de conocerse el culpable, el delito ya hubiere
prescrito. Pero eso era algo que su personalidad no podía dejar asu-
mir sin más.

Y luego estaba lo del colaborador que le habían impuesto. A veces
parecía un simple entorpecimiento y otras sorprendía con una teoría que, aunque difícil de entender fuera de su ámbito ingenieril,
cobraba sentido dentro del conjunto de pruebas que se tenían hasta
el momento. No era capaz de decidirse sobre si era útil o por el
contrario no era más que un creador de teorías que tan solo desvia-
ban la atención del verdadero objetivo de la investigación. Ahora
mismo ella se dirigía hacia Madrid cuando consideraba que debía
de centrarse en el análisis forense de la víctima y las pruebas en-

Apagón

contradas en el escenario del crimen, como hubiera hecho en cualquier otro caso de asesinato.

Por fin llegó el quitanieves. Se agolparon los coches detrás de la máquina en fila india para poder coronar con éxito el puerto. Finalmente, llegaron al túnel y a partir de ahí pudieron continuar sin mayores contratiempos. La nieve al otro lado no había llegado a cuajar en la autovía y estaba transitable. Sin dejar a un lado la seguridad, pisó el acelerador en dirección a Madrid.

Consiguió llegar a Madrid finalmente aunque dos horas más tarde de lo esperado. Confiaba en que Eduardo no se hubiera movido de las oficinas de Huigan. Y allí se dirigió.

Cogió la salida catorce de la nacional uno y atravesó un enorme complejo empresarial de camino a las tablas. La gente empezaba a salir del trabajo para volver a casa y tuvo que ceder el paso durante bastante tiempo en las rotondas hasta que encontró el hueco adecuado para pasar. A partir de ahí, llegó sin problemas hasta el complejo empresarial donde Huigan S.L. estaba ubicado.

Se encaminaba entonces al aparcamiento cuando vio salir de allí el coche de Eduardo en dirección contraria. Fue un milagro que lo viese porque no esperaba encontrarlo y de haber tardado dos minutos más, le habría perdido.
No podía dar la vuelta allí mismo por lo que tardó un rato en hacer el cambio de sentido para seguirle. Cuando pudo hacerlo el coche de Eduardo ya había desaparecido. Decidió que sólo podía dirigirse hacia su casa a esas horas. Debía verlo y decidió llamar a la central.

Apagón

Cuando le dieron paso pidió la dirección de Eduardo Marto. Se dirigió hacia allí sin dudarlo.

Yo estaba petrificado. Ni respirar podía por temor a realizar un ruido inesperado. Me agazapé como pude en mi asiento y traté de no moverme. No perdía de vista el retrovisor. El hombre de la pistola se encontraba dos filas de coches más atrás y deambulaba por el aparcamiento buscando sin duda mi coche. Pensé que tarde o temprano lo encontraría, era cuestión de tiempo por lo que no podía quedarme allí sin más. Pensé en mis opciones y abrir cualquiera de las puertas estaba descartado, las luces del interior se encenderían e identificarían mi posición. Debía de pensar alternativas dentro del coche.

Con mucho esfuerzo conseguí trasladarme a los asientos de detrás. La elasticidad no era mi fuerte y debía de hacerlo si levantar en demasía mi cuerpo para evitar que mi sombra alertara al pistolero. En definitiva, el esfuerzo fue titánico y en más de una ocasión algún músculo de la espada se me agarrotó, teniendo que volver a mi posición original para no morirme de dolor. Jamás pensé que tuviera tantos apéndices en el cuerpo como en ese momento. Todo se me enganchaba, si no era un brazo, era una pierna, sino la barriga, sino el hombro. Yo no estaba hecho para esto.

Pero finalmente me encontré en el asiento trasero. No tenía ninguna duda de que aquello me pasaría factura más adelante pero la adrenalina no permitía que mi cuerpo se quejase en aquél momento del sobre esfuerzo que se había realizado. Ya más calmado apreté el botón que liberaba el respaldo del asiento y daba acceso al maletero. Cual serpiente rígida conseguí meterme dentro de él y volver a colocar el asiento en la posición original. Cuando el botón volvió a hacer ese característico click, supe que jamás podría salir de allí. Pero me quedé quieto como una momia.

A los pocos minutos los pasos se oyeron cerca del coche. El pistolero había conseguido encontrar el coche. Los pasos fueron rodeando el coche y al cabo de unos segundos se alejaron hasta que dejaron de oírse. Aun así me quedé quieto durante cinco minutos más por lo menos. Tampoco sabía cómo salir de allí.

Cuando ya decidí que no tenía sentido seguir allí, empecé a mover un brazo en la dirección de los respaldos de los asientos. Mi cuerpo se quejó por primera vez realizando un característico sonido de huesos desencajados. Como había esperado los respaldos ni se movieron al empujarlos. Decidí que la única salida era por la bandeja. Gracias a Dios en este modelo no era rígida. Sólo era una tela que al darle un empujón en la zona del portón se desencajó dando un sonoro golpe al recogerse hacia atrás. Si el pistolero seguía por allí, sin duda lo habría oído y yo ya estaba muerto. Pero nadie apareció por allí. Me levanté más sigilosamente esta vez. Yo podía sentir como se me colocaba cada hueso del cuerpo con cada movimiento y no quería ni pensar las consecuencias de todo aquello.

Salí del coche y mi cuerpo agradeció poner el primer pie sobre el suelo rígido y recuperar la verticalidad. Me dirigí con pasos lentos y haciendo el menor ruido posible hacia la puerta de salida. No saber a dónde había ido el pistolero me mantenía nervioso y en alerta. Llegué a la puerta y la empujé levemente. Lo suficiente para poder mirar al otro lado con un solo ojo. Estaba vacío el rellano de la escalera. Seguí subiendo hasta la puerta de acceso al portal. Ésta tenía llave por lo que si no me lo había encontrado, al otro lado no era de esperar que estuviera. Respiré aliviado y entré. Me dirigí hacia los ascensores para subir a casa y tuve que cruzar por delante de la puerta del portal que daba a la calle. Una silueta detrás del cristal me dio un tremendo susto. Pegué un pequeño salto y todo. Pero para mi sorpresa, la persona al otro lado era Norma.

Bajé las escaleras y abrí la puerta de golpe, sorprendiéndola.
- Hola Norma
- ¡Eduardo! Vaya si ni siquiera había llamado aún.
- Te acabo de ver a través del cristal. Vengo del garaje - instintivamente empecé a peinarme el pelo con las manos hacia atrás.
- ¿Estás bien? Estás muy pálido - me lo decía sin apenas un gesto. No me sentía capaz de interpretar si aquello era un gesto de preocupación.
- ¡Dios, no! - salté como un resorte. Toda la adrenalina que me había mantenido en alerta desapareció de golpe y el mundo se me vino encima. - Casi me matan - me llevaba las manos a la cara una y otra vez.

Norma me paró cogiéndome del brazo.

- Tranquilízate. Sé que esto es más serio de lo que pensábamos. Por eso estoy aquí. - me empujó hacia dentro del portal - Te necesito tranquilo. Necesito que ese cerebro tuyo esté centrado en el caso. Necesito saber qué sabes y qué le contaste a tu compañero de Huigan.

Apagón

Levanté la mirada que llevaba varios segundos mirando al suelo. Esto era una locura.

Me metió en el ascensor y con un gesto me indicó que le diera al piso adecuado. Marqué el tercero y el ascensor empezó a subir.

Pasamos el resto de la tarde en mi casa. Mi mujer preparó té y se puso a hacer las maletas. Se mudaría durante un tiempo a casa de su hermana. No quería que supiera nada del caso ni que estuviera cerca. Norma y yo nos sentamos en la cocina y revisamos todo lo que yo, o más bien mi compañero había averiguado.

Parte II

Capítulo 14

Habían pasado ya tres meses desde la muerte de Jorge y seguía sin dar crédito a mi situación actual. La vida me había cambiado por completo en cuestión de dos días. Jorge había sido asesinado, mi mujer seguía viviendo con su hermana y yo me encontraba en paradero desconocido, recluido y en conserva por el gobierno para evitar que alguien acabara con mi vida.

Después de la amenaza del pistolero en el garaje de mi casa, Norma había decidido esconderme una temporada en un remoto pueblo de León, sin darme tiempo a informar siquiera a mi mujer. Ella había recibido una carta oficial explicando que, por la seguridad de Eduardo, testigo directo de un caso de asesinato y estando como estaba amenazado, había sido puesto en custodia del estado y su paradero debía de seguir desconocido.

Desde entonces, sin mayor información al respecto de la investigación, es decir, sin saber si progresaba o no y con pocas comunicaciones con Norma, me dedicaba a pasear bosque arriba, bosque abajo todos los días. Me había vuelto casi ermitaño; barba larga y canosa, el poco pelo que me quedaba estaba excesivamente largo y desarreglado, había perdido varios kilos y la ropa me venía holgada. Mi único contacto con el mundo era en la taberna del pueblo, donde Ignacio y Evaristo me acompañaban las tardes de lluvia con-

Apagón

tándome anécdotas del campo, la matanza, los buitres. Las conversaciones eran bastante amenas y se aprendía mucho de ellos, pero añoraba a mi mujer, mi vida, mi casa, mi trabajo, mis guardias...

Ese día era un día espléndido. Habíamos pasado ya el crudo invierno de León y las temperaturas se habían suavizado bastante. No sé cuales eran porque los termómetros no se estilaban allí, pero podía sentarme en el bordillo de la entrada de mi improvisada casa, al sol, en mangas de camisa. Una suave brisa refrescaba mi cara a la vez que el sol me calentaba. La sensación era agradable.

En ese momento, una moto, una scooter entraba en el pueblo y aparcaba enfrente de la puerta de la taberna. El ocupante se quitó el casco y sacó un paquete del maletero. Entró dentro de la taberna y desapareció. Yo volví a mirar al frente y cerré los ojos de nuevo. Era, prácticamente lo único que había hecho esa semana. De repente el motorista salió de nuevo y Evaristo con él. Alargando el brazo y señalándome con el dedo, movió la cabeza en mi dirección a la vez que se dirigía al motorista. Me levanté lentamente. Me daba la impresión de que me estaban buscando.

Algo no cuadraba en todo aquello. El motorista fue acercándose a mi, mientras miraba de nuevo el paquete, como cerciorándose de haber leído correctamente el nombre. Llegó hasta mi lado y preguntó:
- ¿Eduardo Marto?
No me atrevía a decir que sí. Se suponía que nadie sabía dónde estaba.
- ¿Por qué? - dije

Apagón

- Tengo que entregar un paquete a Eduardo Marto. La dirección sólo identifica el pueblo y aquél caballero le ha señalado a usted.

- Entonces supongo que sí.

- Pues tome y firme aquí - me acercó el paquete y me señaló con una cruz dónde debía firmar.

Firmé y sin mediar más palabra, cogió el justificante y dio media vuelta. Se volvió a poner el casco y me quedé mirando la moto desaparecer por el recodo que la carretera hacía en la salida del pueblo. El sonido siguió escuchándose durante unos segundos más.

Con el paquete en la mano y sin entender nada me dirigí de nuevo hacia el bosque. Era un bosque de hayas, abedules y robles. Estaba en aquella época del año increíblemente hermoso y pasear por sus caminos, apenas reconocibles por la maleza, me ayudaba a mantener mi paz interior. Y en aquél momento se me estaba escapando. Una y otra vez me repetía que nadie sabía que yo estaba allí. ¿Cómo alguien me había podido mandar un paquete? No me atrevía a abrirlo. Recorrí varios kilómetros, hasta el puente del río antes de pararme y mirar el paquete de nuevo.

Era una caja de cartón del tamaño de un folio pero con un grosor de unos cinco centímetros. Marrón y con cinta de embalar. El remitente, no aparecía por ningún lado pero había un sello de correos de una oficina de Burgos. Aquello me tranquilizó un poco. Quizá fuera de Norma, aunque en ese caso habría sido algo bastante siniestro. No se había puesto en contacto conmigo desde hacía varias semanas.

Crucé el puente después de estar varios minutos observando cómo discurría el agua por su cauce, y me senté en un banco de madera que los habitantes del pueblo habían construido dos años atrás con los fondos del plan E. Lo abrí. Después de tres meses en aquél pueblo, ya no hacía nada deprisa. Fui despegando cada tira adhesiva desde su extremo hasta que las retiré todas. El tiempo allí era indeterminado por lo que no hacía falta apresurarse. Cuando ya no quedó cinta que retirar, las cogí todas he hice una bola con todas ellas antes de echarlas al bolsillo del pantalón. Para ello me tuve que levantar y eso también me llevó un tiempo.

Volví a sentarme y ya, sin más excusas, abrí el paquete. Dentro había un sobre, marrón y acolchado. Le di tres vueltas al mismo, como si tres caras tuviera, que no las tenía, por supuesto, antes de despegar la solapa que permitía acceder al contenido. No la despegué de un tirón, como hubiera hecho en mi vida anterior, no, en este caso fui poco a poco despegando cada centímetro de cinta adhesiva, de nuevo con movimiento relajado, como si disfrutara de aquella actividad y no quisiese que se acabara. Hasta que se soltó el último tramo.

Miré en su interior y había una memoria USB. Solamente una memoria USB. Norma no había podido enviar aquél paquete.

El cuerpo se me puso en tensión de repente. Levanté la cabeza y puse en alerta todos los sentidos. Empecé a escuchar el bosque. Todos aquellos sonidos familiares empezaron a parecerme sospechosos y me sentí totalmente vulnerable y a la vista de todo el mundo.

Salté del camino y me adentré en la espesura. Alguien podría haberme seguido desde la entrega del paquete. Quizá tan solo servía de señuelo para identificarme como Eduardo Marto.

Seguí andando hacia el centro del bosque sin perder la referencia del camino que se veía más abajo para no perderme. Tenía que pensar mi siguiente movimiento. El pueblo, pese a los esfuerzos de

Apagón

Norma ya no era un lugar seguro. Debía de moverme. ¿Pero a dónde? Necesitaba pensar.

En ningún sitio se pensaba mejor que en el bosque pero los ruidos, anteriormente agradables se habían convertido en crispantes. Me dirigí de nuevo al pueblo, por un camino secundario para evitar encontrarme con alguien inesperado.

Llegué en media hora y entré en la taberna. Era el segundo sitio donde mejor pensaba en aquél pueblo. Me serví un coñac y me senté en una mesa apartada, aunque era el único cliente a esa hora. Llevaba el sobre en la mano.

Al cabo de cinco minutos aparecieron Evaristo e Ignacio. Pidieron algo y muy a mi pesar, y como habían hecho todos esos días, cada día igual, se sentaron conmigo en la mesa. Se acabó el pensar.

- ¿Y ahora qué? - dijo Ignacio
- ¿Ahora qué de qué? - dije yo sin entender.
- ¿A dónde vas a ir?
- ¿Por qué? - dije
- Te han encontrado. Tarde o temprano os encuentran. Desde hace varios años sabemos que hay un topo en el cuerpo y no hemos dado con él.

Este comentario, salido de la boca de un hombre de pueblo, con un palillo colgando de la comisura, daba miedo. Mis ojos se debieron quedar mirándole sin comprender porque ambos sacaron sus placas del cuerpo de policía nacional y las dejaron en la mesa.

- Llevamos tres meses custodiándote y tengo que decir que nos caías bien. Eres un cerebrito que se había adaptado bastante bien a la vida del pueblo y tenías conversaciones agradables, no como otros testigos que a veces nos traen, que son una panda de snobs insoportables.

- ¿Sois polis? - dije totalmente desconcertado.

- Correcto. Y por eso sabemos que te han localizado. El protocolo de protección establece que cualquier contacto con el testigo sólo se debe producir a través de nosotros y ese paquete no está contemplado. Debes irte.

- En eso estaba pensando, pero aun no sé a dónde.

- ¿Qué contiene?

- Una memoria USB, pero como aquí no hay donde enchufarla, a saber lo que contiene.

- Espérate aquí - Ignacio se levantó y se dirigió hacia la barra. Susurró algo al camarero y este se perdió por la puerta. La rodeó y se agachó. Al cabo de unos segundos Evaristo se acercó a la puerta y la cerró con llave poniendo el cartel de cerrado mirando hacia afuera.

A continuación la pared del local se iluminó y un cuadrado blanco se dibujó en la pared. Miré hacia arriba y de una de las cestas de mimbre que colgaba en la pared de enfrente, vi que salía un haz de luz que se proyectaba sobre la pared. Al poco, el logo de Windows apareció dibujado.

- Pero..., ¿de dónde os sacáis esto? No lo había visto hasta ahora.

- Entenderás que no vamos a perdernos la liga de fútbol y la Champions solo por estar aquí contigo. Además, algo tenemos que hacer cuando tu estás paseando por el bosque - los dos se partían de risa - dame la memoria, vamos a ver qué tiene.

Apagón

Se la acerqué y la enchufó en el puerto. Al instante el sistema operativo la detectó y abrió el explorador de archivos.

Capítulo 15

Me desperté tras un bache dentro del autobús de línea que viajaba desde León hasta Burgos. Había pasado un día desde que recibiera el paquete en aquél pueblo. Después de ver los ficheros contenidos en la memoria USB, desperté de mi letargo y no solo la necesidad de salvar mi vida me incitó a trasladarme, también me recordó que no debía dejar que la muerte de Jorge hubiese sido en vano. Si alguien quería matarme era porque lo que yo conocía podía hacerle o hacerles daño. Debía de ser importante como para resolver, no solo los crímenes sino algo más grande.

Los ficheros contenían una serie de artículos enlazados entre sí, con notas al pie y un diagrama pintado a mano y digitalizado. Llevaba tanto tiempo fuera de circulación que ya ni recordaba los detalles del caso ni lo que me había llevado hasta aquella situación. Durante meses me sentí como la víctima de toda esta historia, pero ayer me había dado cuenta de mi error: no era la víctima, sino la clave. Y no podía permitirme el lujo de dejar que las cosas fueran de otro modo a como lo eran antes. Debía recuperar mi vida, honrar la muerte de mi compañero y acabar con aquellos que sólo pensaban en hacer daño.

Estuvimos revisando durante dos horas los documentos, hasta que finalmente mis compañeros de custodia se dieron por vencidos. No entendían nada y se fueron, dejándome a cargo del bar y todos sus aparatos electrónicos. Estuve durante tres horas más entendiendo la relación entre los diferentes artículos, la versión de los hechos que narraban, las fechas y la empresa Coleos Corp.

El remitente del paquete, no podía ser mi asesino. Toda aquella información era muy parecida a la encontrada en el despacho de la primera víctima, en las oficinas del CSIC. La información debía de proceder de allí. ¿De quién? No sé, pero no había ninguna duda de que se trataba de parte de la investigación que el ingeniero jefe no quiso dejar a la vista. Estaba claro que no estuvo trabajando sólo y alguien más también conocía los detalles. Quizá estaba lo suficientemente asustado para no querer revelar esta información a la policía. Debía de saber que yo no era uno de ellos y había querido compartir conmigo esa carga. Lo alarmante era que había conseguido saber mi paradero. Y si él lo había hecho, cualquier otro podría hacerlo también.

Había decidido no defraudarle. Cerré el bar después de apagar todo y recuperar el USB, y me dirigí a la casa. Recogí todas mis cosas y le pedí a Evaristo que me acercara a la parada de autobuses más próxima. El asintió y me llevó directamente a León, a la estación de autobuses. Me compró el billete a Burgos y se despidió de mi con un saludo a lo militar, pero de medio lado y con solo un dedo. Yo le di las gracias y le perdí de vista.

Ya estaba a medio camino. En una hora estaría en Burgos. Tras pensar durante un buen rato cuál debería ser mi siguiente paso, decidí que debía volver de nuevo a escena allí donde la había dejado, pero esta vez con discreción.

Apagón

Coleos Corp. había desarrollado Filípides entre los años 2008 y 2010, realizando su lanzamiento al mercado en febrero de dicho año. No había sido un software muy sonado, sino más bien de escaso éxito. No había llegado apenas a tener más de cien mil usuarios a nivel mundial, pero sorprendentemente había tenido dos picos de usuarios en mayo de 2010 y octubre del mismo año, llegando en ambos casos a tener poco más de un millón. Dos de los artículos contenidos en el USB, describían dicho fenómeno como un caso anormal de comportamiento de usuarios de aplicaciones de internet. Los picos se produjeron por un aumento anormal de usuarios en Grecia e Irlanda, difícilmente explicables ya que en meses anteriores el comportamiento de los usuarios no había llegado apenas a niveles de diez mil usuarios.

Los otros dos artículos llamaban la atención sobre la compra de dos operadoras locales que se produjeron en esas mismas fechas y en esos mismos países. Qué relación había entre dichos fenómenos era lo que explicaba el diagrama realizado a mano que acompañaba a dichos artículos.

El diagrama mostraba una secuencia de acontecimientos: pico de usuarios, bloqueo de comunicaciones, pérdidas millonarias, indemnizaciones millonarias, caída de las bolsas, compra de operadoras.

El diagrama tendría sentido si no fuera porque había ciertas variables fuera de control: ¿cómo se podía provocar un aumento de usuarios tan grande y tan localizado? y ¿Qué sacaba Coleos Corp. de esta maniobra?

Las series de televisión que yo acostumbraba a ver, decían que para encontrar al responsable de un delito había que buscar dos cosas, un móvil y la oportunidad. En este caso ninguna de la dos variables estaban claras. ¿Qué sacaba Coleos Corp. de todo esto? ¿Cómo pudo provocarlo?

Los primeros edificios de Burgos empezaron a aparecer por la ventanilla. Estábamos llegando, entrando por la autovía de Castilla, hacia la calle de Madrid, en dirección al río. En menos de quince minutos, si el tráfico lo permitía llegaríamos a la estación de autobuses. Aproveché ese tiempo para recuperar la postura, estirar los brazos y desentumecer lo músculos.

Por fin, las puertas del autobús se abrieron y pude notar el fresco aliento de Burgos sobre mi cara. Era mediodía, tenía hambre pero debía hacer algo antes de nada. Me acerqué a la cabina más cercana y marqué el número de mi cuñada.

Me llevó más de media hora al teléfono contarle a mi mujer qué había estado haciendo las últimas semanas y, prudentemente contarle cuales eran mis planes. Le pedí que tuviera paciencia y que me diera unas semanas más para acabar con aquella situación. Ella no entendió ni la mitad. La oía llorar al otro lado del teléfono, pero como siempre, y consciente de que no podía hacer nada, tuvo la entereza suficiente para intentar hacerme creer que estaba bien y que lo entendía. Pregunté por las niñas y me despedí. Prometí contactar con ella más a menudo a partir de ahora. Colgué el auricular pensando si volvería a verlas de nuevo. Los ojos empezaron a picarme y una película acuosa empezó a formarse en ellos, aunque sin llegar a derramarse. Respiré hondo y partí hacia el centro de la ciudad. Necesitaba encontrar un lugar para dormir.

Apagón

Llegué hasta el río y cruzando por el puente de Santa María me adentré en el casco antiguo de la ciudad. Caminé por el paseo del Espolón hacia la plaza del Cid. Caminaba con paso lento. Nadie me esperaba, no había prisa y en esa época del año, los árboles, entrelazados en sus ramas ofrecían una sombra agradable y fresca.

Giré por la calle Santo Domingo de Guzmán y me encontré un hostal de frente llamado Sofía. Pedí una habitación y pagué por adelantado y en metálico. Había sacado dinero con la tarjeta antes de coger el autobús en León. No quería dejar rastros electrónicos cuando mi supuesto perseguidor era una empresa de informática. Una vez me dio la llave, volví a salir en busca de algo de comer.

Comí en una terraza junto a la catedral. A esas horas, la plaza ardía de visitantes de otros lugares que venían a ver una de las más grandes catedrales góticas del mundo. Me entretenía viendo la multitud de nacionalidades que se agolpaban frente a la tienda de souvenirs del local de al lado. Chinos, Japoneses, Alemanes, Nórdicos, era impresionante. Hordas de turistas entraban en la plaza de tanto en tanto y desaparecían dentro de la catedral, que como siempre la he recordado, estaba siendo recuperada y ofrecía un paisaje de andamios en casi todos los accesos.

Me llevó una hora comer y volver de nuevo al hostal. Cuando entré saludé de nuevo al recepcionista y subí las escaleras hacia el primer piso. Algo en su cara me dijo que no se sentía cómodo. Cosa que antes no me lo había parecido, pero a saber lo que le habría pasado. Todos teníamos nuestro problemas.

Apagón

Accioné la llave de la puerta y abrí despreocupadamente la misma, accediendo a la pequeña habitación. Las cortinas estaban echadas y apenas se veían unas sombras. Busqué el interruptor de la luz tanteando la pared y lo encontré. La revista que llevaba en la mano se me escapó y el corazón me dio un vuelco. Allí, sentada sobre la única silla que había, estaba Norma.

- ¡Vaya, que sorpresa! - apenas era capaz de pronunciar esas palabras. Tenía el corazón todavía a cien por hora e hiperventilaba para recuperarme.
- ¿A dónde crees que vas? Te he visto pasear muy tranquilamente por la calle, como si nada.
- Nadie sabe que estoy aquí. Bueno eso pensaba, hasta ahora.
- Me avisaron tus ángeles custodios. Me dijeron que venías. Sólo tuve que esperarte en la estación de autobuses y seguirte hasta aquí.
- y, ¿cómo has entrado?
- Una placa como esta te abre muchas puertas - sacó su placa de policía y me la mostró. - Siéntate, tenemos que hablar.
- ¿De qué?
- Del caso. Estoy perdida. Llevo todos estos meses dando palos de ciego. He estado a punto de ir a buscarte un par de veces, pero no quería ponerte en peligro. Pero ahora que has sido tú el que ha venido...
- Qué sabes - la quería tantear antes de contarle nada más.
- Nada. No hemos sido capaces de saber cómo le llegó el código fuente al ingeniero jefe. No fue por correo electrónico ni por mensajería. Al menos mensajería que llegara al CSIC. Las llamadas realizadas y recibidas en cualquiera de los dos teléfonos, fijo y móvil no aportan ninguna luz. No hay ninguna relación aparente entre

Apagón

la víctima y Coleos Corp. También investigamos la muerte de tu compañero. No había huellas ni testigos. Y aparentemente no faltaba nada en el centro de control. Encontramos en su móvil los documentos que le enviaste, pero nada más. Las cámaras de vigilancia eran disuasorias y no aportaron información. En definitiva, nada de nada.

- Ya veo.
- ¿Y entonces? ¿Qué te ha traído hasta Burgos?
- El caso. El cuerpo me pidió que viniera aquí. Debía presentir que me encontraría contigo.
- Vaya, estoy impresionada con ese don tuyo. ¿Qué se te ha ocurrido?
- Pues déjame que te cuente como lo ve un simple ingeniero. - Me senté en la cama y me quité la cazadora que llevaba. - Creo... - me tomé mi tiempo para reorganizar mis ideas - que no estamos investigando donde debemos. Tanto el ingeniero jefe como mi compañero tan solo han sido víctimas colaterales del caso, por la información que sabían de Coleos Corp. En mayo y Octubre de 2010 se realizó una compra de dos operadoras de telefonía en Grecia y en Irlanda respectivamente. Casualmente coincidió con un aumento exponencial de usuarios de la aplicación Filípides de Coleos Corp. Qué relación hay entre ambos fenómenos es la clave. Deberíamos investigar esas transacciones financieras y averiguar si detrás de las mismas están personas u organizaciones vinculadas a Coleos Corp. Yo no tengo posibilidad de acceder a esa información pero tú igual sí. Por otro lado, necesitamos explicar cómo se produjo el aumento repentino de usuarios de Filípides y tan localizados en esos dos países. Esa parte la investigaré yo, que estoy más familiarizado con la tecnología.

Apagón

- Estoy de acuerdo. - Poco a poco Norma se fue levantando del asiento. - ¿Te quedarás por aquí una temporada entonces?
- Sí. Quiero, corrijo, necesito cerrar este caso ya, para recuperar mi vida.
- Me alegro de que estés aquí.- Me lo dijo con una voz suave, como si fuera mi hermana - creo que podemos formar un gran equipo y creo que podemos resolver este caso juntos. Sé que no me porté bien contigo, y reconozco que me equivoqué.
- Olvídalo - dije
- Nos veremos aquí todos los días a las cuatro.
- ¿No habrá siesta? - dije bromeando
- No.

Por primera vez la vi sonreír. Y tenía una sonrisa muy bonita. La acompañé hasta la puerta y nos despedimos.

Me sentía genial. Volvía a no estar solo en esto y además llevaba yo las riendas de la investigación. Este caso no lo resolvería la policía. Lo resolvería Eduardo Marto, el ingeniero.

Me tumbé en la cama y caí redondo. Hacía tiempo que no dormía tan bien.

Apagón

Capítulo 16

- Pase

Una voz desde el fondo del despacho llenó el silencio, tan solo quebrado anteriormente por tres sonoros golpes dados sobre la maciza puerta de roble que, como una fortaleza inexpugnable impedía el acceso al mismo a aquellos que no eran bienvenidos. Y los que eran bienvenidos debían guardarse bien de traer buenas noticias, o mejor quedarse fuera.

Pero, aun no trayendo buenas noticias, Midas sabía que debía entrar ahí y dar la cara. Al director Norman no le gustaba enterarse de las cosas de segundas y esperaba que sus subalternos le tuvieran siempre informado de todo.

Midas era el lugarteniente de Norman en la dirección de la empresa Lextron International, una empresa histórica de capital riesgo que llevaba generaciones invirtiendo en países de todo el mundo, comprando y vendiendo empresas, divisas, deuda internacional, y lo que fuera necesario para mantener su influencia en las decisiones económicas tanto en Europa como en Estados Unidos. Ya los antepasados de Norman participaron de la necesidad de crear una segunda guerra mundial para aumentar su imperio económico y su poder.

Pero los tiempos estaban cambiando y las guerras tradicionales habían desaparecido dando paso a conflictos mucho más localizados

y donde las principales batallas se libraban en los despachos de la
ONU y de la OTAN. Norman había heredado un escenario de trabajo muy distinto y tuvo que reconducir las inversiones hacia los
nuevos medios de comunicación, capaces de influir sobre millones
de ciudadanos de todo el planeta, sin moverse del sitio. Había vi-
sualizado el potencial de influencia de estos canales durante un
simposium celebrado en Texas cinco años atrás. Desde entonces
tuvo claro hacia dónde debía de focalizar su esfuerzo para que la
gente comprara, rechazara, comentara, lo que él necesitaba y lo que
a él le rentaba en cada momento.

Actualmente, uno de los objetivos principales del negocio estaba
puesto en las operadoras de servicios de telecomunicaciones. Consideraba que si se controlaban los canales de comunicación, se podía controlar los contenidos y manipularlos si era necesario.

- ¿Cómo va todo amigo Midas?

- Pues... – dudaba y su voz le delataba delante de su jefe. Nunca
supo controlarla y era una de las razones por las que Norman contaba con él. No podía engañarle.

Midas, Midas,... – decía Norman mientras movía la cabeza de un
lado hacia el otro – espero mucho más de ti – hablaba como un pá-
rroco dirigiéndose a un feligrés, aunque Midas sabía que era la calma que precede a la tempestad – necesito a ese hombre fuera de
circulación. A estas horas, ese código puede haber circulado por la
red y miles de personas podrían tenerlo delante. Afortunadamente
no todo el mundo es capaz de interpretarlo, pero no debemos rela-
jarnos por ello. Acaba con él.

- Necesitamos saber si lo ha compartido con alguien antes de elimi-
narlo. Nuestro agente está en ello. Ya lo hemos localizado de nue-

vo y es cuestión de poco tiempo que todo estará de nuevo bajo control.

- No tendrás muchas más oportunidades. Aprovéchala y no vengas
a verme de nuevo si no es para contarme que todo es tá bajo control.

- Sí señor. No le defraudaré. Pondré a funcionar toda la artillería -
Agachaba la cabeza en señal de sumisión. Sabía que aunque decía
las palabras con tono suave y relajado, eran en sí una amenaza de
muerte. Midas sabía demasiado. No sólo de esta oper ación sino
también de todas las anteriores. Había sido la mano derecha de
Norman desde que se hizo cargo de la empresa y desd e entonces
había tenido que realizar operaciones de extorsión y asesinato en
más ocasiones de las que le habría gustado. Pero as í era su trabajo
y así lo había aceptado él.

Sin mediar ninguna palabra más, Midas abandonó la e stancia cerrando la puerta tras de sí.

Mientras recorría el pasillo de la planta once del edificio Lextron
en dirección a los ascensores, aprovechó para empez ar a realizar
gestiones. Sacó su móvil y marcó el número de su ag ente en España.

- ¿Sí, dígame?
- ¿Agente N?
- Sí
- Aquí el agente MX, necesito que elimine al sujeto.
- Pero..., no debo. El agente SV debe de encargarse de ello. Pondría
en peligro mi tapadera. Que el agente SV se ponga e n contacto
conmigo. Yo le conduciré a él.

Apagón

- No, mis órdenes son claras. ¡elimínelo!

Colgó. No espero a la respuesta. No quería oír como uno de sus agentes cuestionaba sus órdenes. Si no le obedecía sería eliminado.

Capítulo 17

Necesitaba un ordenador. No podía seguir investigando sin un ordenador y la conexión a internet. No sabía por dónde empezar pero ya iba de camino al cibercafé más cercano. Sin darme cuenta iba mirando en todas direcciones mientras caminaba y todo el mundo me parecía sospechoso. De continuar así me volvería paranoico pero sentía que no podía bajar la guardia ni un solo momento.

Me había levantado después de dormir durante al menos catorce horas seguidas y tenía la mente fresca y despejada. Hoy no me parecía tan buena idea quedar con Norma todos los días a la misma hora y en el mismo sitio. Si Norma me había encontrado otros podrían. Podrían seguir a Norma durante varios días hasta descubrir con quién se reunía. Y entonces me matarían. Necesitaba permanecer en constante movimiento. Idearía una manera de comunicarme con Norma cada día e identificar mi nueva ubicación.

Llegué al café Normandía, me pedí un café con leche y un donut y me senté en uno de los ordenadores libres. Empecé por buscar la palabra Filípides, a ver qué salía.

En ese momento un nuevo cliente entró en el café. Se sentó en la barra justo detrás de mi. Yo no le vi, enfrascado como estaba leyendo la información que el buscador me entregaba. Sólo había más de cinco millones de referencias en internet relacionadas con Filípides. La mayoría históricas.

El cliente estaba sentado de medio lado mirando hacia mi ordenador. Llevaba una cartera de cuero con él y la agarraba con fuerza mientras la abrazaba contra su pecho. Llevaba una gorra calada. No intentaba pasar desapercibido, estaba claro.

Sin yo saber cómo, me lo encontré a mi lado, sentado en una silla que había arrimado, no sé cómo y lo más increíble, sin realizar ni un solo ruido. Del susto que me metió, le di un golpe a la taza de café y derramé lo que restaba sobre la mesa. Él, anticipándose a la situación me acercó un bloque de servilletas del café que ya había cogido de antemano. Todo en él era raro. Pero de haberme querido matar ya lo habría hecho o lo habría hecho sin llamar la atención.

No sabía quién era ni qué quería pero allí estaba, sentado a mi lado, mirándome y sin decir nada. Decidí que o me arrancaba o salía corriendo.

- Buenos días, ¿le puedo ayudar en algo?

- Sí - su acento no era español, sonaba más bien anglosajón.

- ¿Sí? - pensé que me diría que no, me pediría disculpas y se iría, pero no. Cuando mi sorpresa empezó a disiparse continué - pues usted dirá. No tengo mucho tiempo, pero...

- Filípides

- ¿Cómo? - me sorprendió la palabra pero luego recordé que lo podría haber leído en la pantalla - Y..., dígame, qué necesita del tal Filípides.

Movió la cabeza de un lado a otro, organizando su discurso mentalmente.

- Es una aplicación para móviles. Permite intercambiar mensajes instantáneos de manera que los usuarios pueden mantener una conversación mediante mensajes consecutivos. Actualmente tiene más de novecientos mil usuarios en España. ¿Le dice algo esto?

- Pues, no. ¿Debería?

- Si es usted la persona que creo, debería decirle algo importante. Si no es así, me he confundido, lo siento.

Se levantó de la mesa y recogió su bolsa de cuero abrazándola de nuevo. Estaba ya de camino a la puerta del café cuando me levanté.

- ¡Perdone!

Se volvió justo debajo del marco de la puerta.

- Sí, es importante, perdone.

Volvió de nuevo y se volvió a sentar. Le acerqué la mano y me presenté. Estaba claro que ya me conocía.

- Eduardo Marto

- Declan Matthews

- Novecientos mil usuarios. Estamos a cien mil usuarios del colapso - comenté para ganarme su confianza.

- Correcto. El colapso no será inmediato. Llevará varias horas que el núcleo principal se sature por falta de canales de libres, desbordando el tráfico por las rutas de back-up, hasta que éstas también desborden y los usuarios ya no puedan hablar ni mandar mensajes. Buscarán redes alternativas pero éstas habrán sufrido el mismo destino que las anteriores y tendrán que buscar en la red de telefonía convencional el medio de comunicación que les permita seguir con su estilo de vida. Sin redes móviles operativas, ni llamadas, ni mensajes, ni correo electrónico, ni datáfonos, ni transacciones financieras. El mundo tal y como lo conocemos se quedará parado. Y la gente se volverá paranoica. Reclamarán daños y perjuicios a las operadoras móviles y éstas sufrirán pérdidas millonarias.

Apagón

- Lo sé, pero... ¿cómo lo sabe usted?
- Trabajaba con la primera víctima, el ingeniero del CSIC. Estaba infiltrado en la organización a través de un intercambio entre agencias. Realmente trabajo como oficial de enlace de la Europol, y estoy de comisión de investigación en España. Llevo varios años investigando este caso. Hasta la fecha nadie, excepto usted había conseguido entender el problema y la dimensión del mismo. En la agencia nadie entiende el poder que se puede ejercer sobre las masas cuando les quitas lo que quieren. Somos como niños, todo el día jugando con nuestros juguetitos electrónicos. En cuanto nos los quitan, montamos en cólera porque no sabemos hacer otra cosa.
- Vaya. Un agente de la Europol. Esto se pone interesante - acerté a decir. La verdad es que cada vez estaba más convencido de que me encontraba en una novela de Tom Clancy. De alguna manera me había quedado dormido y mi mente me había trasladado al interior de una novela de espionaje.

Se agachó a por su bolsa y poniéndola en la mesa la arrastró en mi dirección.
- Necesito que revise todo esto. Mañana nos veremos de nuevo. Será en la cafetería Santa Fé. A las cinco.

Estaba mirando la bolsa aun cuando él salía ya por la puerta del café.

Capítulo 18

Un revuelo de palomas rompió la suave calma que reinaba en la plaza del rey San Fernando. Un hombre con gabardina gris, a pesar de estar en el mes de Julio, y con un sombrero calado para evitar las miradas, atravesaba la puerta de Santa María. Los viandantes, ajenos por completo al devenir de las palomas, que pasaban el día levantando el vuelo para aterrizar a escasos metros de donde estaban, ni se percataron del personaje tan siniestro que atravesaba en ese momento la plaza. Iba con paso ligero y resuelto. Denotaba una seguridad en su andar que cualquiera habría dicho que sabía hacia dónde se dirigía, pero no era así. No conocía Burgos. Nunca había estado allí y mientras andaba iba pensando en cómo dar sus siguientes pasos.

Su informador le había localizado el objetivo, no muy lejos del centro histórico de la ciudad e iba directo a la catedral, para tomarla como punto de partida. Tenía instrucciones muy claras y no podía fallar otra vez. Llevaba siempre la mano derecha en el bolsillo de la gabardina, con el arma empuñada y el seguro quitado.

Llegó a la catedral enseguida. Todo en aquella ciudad estaba cerca, y partió en la dirección que le habían proporcionado en busca del hostal Sofía.

Eran casi las tres de la tarde cuando salía del café. Había estado navegando por internet y las redes sociales durante más de tres horas y había gastado otras dos leyendo los papeles que Declan me había legado. No quería que al día siguiente me pillara como un profesor con su alumno, sin haberse preparado para el examen. ¡Era de la Europol! Todavía no me lo podía creer. Hasta se me pasó por la cabeza en algún momento que todo esto fuera una broma. Decidí que si la siguiente persona que conociera fuera de la CIA o del FBI, definitivamente me reiría.

Pero de momento, tenía que seguir investigando. Me movía con prisa. Norma llegaría al Hostal en cualquier momento y yo debía de estar allí. A ver qué cara ponía cuando le contase lo de la Europol.

No sé por qué, pero me sentía hinchado de orgullo, cuando lo que debería sentirme era el hombre más desdichado. Sentía que pertenecía a algo importante.

Ensimismado como iba en mis pensamientos, no me fijé en que adelantaba a un individuo que a pesar de estar en el mes de julio, iba con una gabardina y un sombrero. Le pasé por la derecha y le dejé atrás.

Seguí caminando con paso firme divagando y elucubrando posibles teorías conspiratorias entorno a Coleos Corp., cuando finalmente me percaté del tío tan peculiar que andaba detrás de mi, en la misma dirección. En ese momento, algo en mi cabeza me recordó que estaba amenazado de muerte. Me puse en alerta. Debía de descartar cualquier posible amenaza. Miré hacia los lados y recordé dónde estaba y dónde estaba la calle concurrida más cercana. Necesitaba público y lo necesitaba ya. Giré hacia el paseo del Espolón en cuanto pude y me acerqué hacia el río. Aquél lugar se podía ver desde casi cualquier sitio y las terrazas del Espolón estaban abarrotadas de turistas tomando el café de la tarde. Me volví como si nada y vi que allí seguía aquel hombre. Aminoré el paso, por si la casualidad nos llevara a él y a mi al mismo sitio y mantuve la mirada hacia el frente. Si era un hombre más, me pasaría enseguida. Esperé un par de minutos y nada. Debía de haberse ido en otra dirección o me hubiera pasado.

Me giré. Allí estaba. Había aminorado también él la marcha y seguía manteniendo una distancia prudencial conmigo. El me miró y se percató de que le estaba mirando. Desvió la mirada hacia el río enseguida.

Tenía un problema. Ese hombre me perseguía y necesitaba esconderme de nuevo. ¿Pero cómo despistarle? Mientras hubiese gente en el paseo, no haría nada. Así que me senté a pensar en el primer banco que encontré.

A la media hora me levanté. Me acerqué a la primera cabina que encontré y marqué el número de Norma.

- Norma Sanz
- ¡Norma! soy Eduardo. Tengo un problema. Me están siguiendo. - Noté que me temblaba la voz al hablar. Estaba muerto de miedo.
- Cálmate, dime dónde estás.
- En el río, junto al paseo del Espolón.
- ¿A qué altura?
- Frente a una plaza que tiene un jinete y un caballo..., no sabría decirte. Desde aquí no se ve el nombre de la plaza.
- El Cid, estás en la plaza del Cid. Ven hacia las callejuelas del centro. Allí te esperaré yo para cortarle el paso. Entra por la plaza

Apagón

Mayor y gira hacia el pasaje del mercado. Allí te esperaré con una patrulla. Yo estoy saliendo ya.

- Gracias. Y colgué.

La conversación con Norma me relajó bastante. Ese hombre ya no tenía nada que hacer. Le llevaría directo a su destino.

Dejé la cabina a un lado y empecé a andar hacia la entrada de la plaza mayor. Varias veces me cercioré de que me seguía y me sonreía por dentro pensando en lo que le esperaba. Entré por el pórtico y enseguida vi la explanada que se abría ante mi. Estaba ya en la plaza Mayor y su bullicio habitual. El pasaje del Mercado era una pequeña bocacalle que se abría a la derecha de la plaza. Era estrecha por lo que enseguida me vi totalmente sólo con mi perseguidor a escasos veinte metros detrás de mi. Era incansable.

El pasaje no era muy largo por lo que la patrulla debía de estar cerca ya. Desde luego Norma no quería que aquél arresto fuera muy sonado. Allí no había ni un alma. Giré por la única calle que me lo permitía y me encontré de frente con una pared. Allí no había nadie, ni Norma, ni patrulla ni nada de nada. Me giré para salir de aquella ratonera pero el hombre de gris ya había llegado.¿Y ahora qué? Norma y la patrulla debían de estar a punto de llegar pero, ¿y si llegaban tarde?

El hombre se paró justo delante de mi. Lentamente sacó la mano del bolsillo derecho y extrajo la pistola. Con la otra extrajo un silenciador y con una calma solo digna de un profesional habituado a este tipo de situaciones, empezó a enroscarlo en la boca de la pistola lentamente.

- ¿Quién es usted? - acerté a decir. Las palabras se negaban a salir de mi boca y me salió más un graznido que una frase. - ¿Qué quie-

Apagón

re de mí? - él no contestaba. No lo necesitaba. Tenía unas órdenes y punto. No se cuestionaba ninguna de las preguntas que yo le hacía.

Sólo tardó veinte segundos en colocar el silenciador. Ahora me estaba apuntando. No hacía ni un gesto.

- Hola Eduardo

Aquella voz me era familiar y salió desde la otra esquina de la calle.

- Norma, Dios mío. - Esas fueron las palabras que me salieron pero algo no cuadraba allí. - Dios mío, qué oportuna, ¿dónde está la patrulla?

Me fijé en que el hombre de gris la miraba y no veía en su gesto ningún síntoma de amenaza.

- Vaya, así que os conocéis - mi mirada iba pasando de uno a otro, incrédulo

- Sí. Y es una pena, me lo estaba pasando bien contigo.

- Increíble - acerté a decir - Me habías convencido de que eras del equipo de los buenos. Todo eso que me dijiste de lo que te había costado llegar al puesto y lo que habías luchado por ello, todo mentira, entiendo.

- Mentira no. He tenido que luchar, pero no como tú piensas. Llegar a lo más alto es una cuestión de esfuerzo o buenos contactos. Yo luché por tener los contactos adecuados. Y no tengo ninguna duda de que estoy en el lado adecuado.

- Y dime una cosa... - había asumido ya mi destino y estaba desinhibido totalmente. Aprovecharía para irme de este mundo con información - ¿entonces fuiste tú quien mató al ingeniero y a Jorge?

- Se podría decir así. No apreté el gatillo pero la decisión fue mía.

Apagón

- ¿Y para qué?
- Para evitar cabos sueltos que puedan interferir en los negocios. Ya sabes que el mundo se mueve así. Realmente me entristece tener que matarte. Yo no pedí que te asignaran al caso. De no haberlo hecho el caso se habría cerrado tarde o temprano por falta de pruebas y todo seguiría su curso. Pero tuviste que aparecer, con tus teorías y pasándole información a terceros que podrían haber arruinado el proyecto. Lo siento.
- ¿Qué proyecto?
- Estabas muy cerca de averiguarlo. Por eso estamos hoy en esta situación.
- Vais a comprar de nuevo otra operadora y necesitáis provocar otro apagón, ¿verdad?
- Sí y es inevitable. Mi jefe no quiere pagar más de lo necesario.
- Pero no es Coleos Corp. quien va a hacerlo. Es una empresa demasiado pequeña. ¿Quién está detrás de todo esto?
- Si te lo dijera te tendría que matar. Pero como te voy a matar de todas maneras, te diré que es una multinacional extranjera. Lextron International. Y ahora, como te he dicho tengo que matarte. Blake, por favor - dijo dirigiéndose al hombre de gris.

El hombre volvió a levantar el brazo que había dejado caer mientras escuchaba el diálogo que manteníamos Norma y yo. Yo cerré los ojos. No quería ver como apretaba el gatillo. Las tiritas mejor quitarlas de un tirón aunque duelan y si te pillan desprevenido, mejor.

¡Bang! sonó un disparo. Yo apreté los dientes y los ojos esperando notar un dolor profundo en alguna parte de mi cuerpo. Como si de un escaner se tratara, mi mente repasó todos los puntos de mi anatomía en busca de una herida de bala.

¡Bang! un segundo disparo desgarró el silencio. Volví a no notar nada y lo ojos se me abrieron.

El hombre de gris y Norma a su lado yacían en sendos charcos de sangre. Detrás de ellos, de pie, se encontraba Declan Matthews, el de la Europol.

Apagón

Capítulo 19

Salimos corriendo los dos del callejón. Ya se oían la sirenas de las
patrullas de policía que, alertadas por lo vecinos, se dirigían hacia
allí. No podíamos esperarles ya que nuestra historia era demasiado
inverosímil para que nos creyeran y entre las víctimas, además, se
encontraba un miembro del cuerpo de la policía. Teníamos más que
perder que de ganar quedándonos allí. Declan tiró fuerte de mí y
los dos salimos corriendo.

Yo me dejaba llevar. Estaba totalmente fuera de aquella escena
viendo las cosas pasar como si no fuera yo el que, casi sin aliento,
corría por la plaza Mayor. Mi mente estaba lejos, muy lejos. No me
acostumbraba a que la gente muriera a mi alrededor. Declan me
agarraba por el hombro y tiraba de mí hacia delante, obligándome a
andar deprisa. Habíamos aminorado el ritmo una vez recorrimos la
mitad de la plaza para no llamar demasiado la atención. Una vez
llegamos al otro lado, entramos en el Bar Gonzalo. Nos sentamos
en una mesa apartada y Declan, con toda naturalidad pidió dos chatos de vino tinto.
Yo todavía tenía el pulso a cien por hora y resoplaba una y otra
vez. Tenía la mirada perdida en el infinito y un semblante totalmente impávido. Pensaba una y otra vez que podría estar muerto
ahora mismo y la sola idea me tenía bloqueado.

Apagón

De repente, Declan me asestó un tortazo, con toda la mano. Fue como si despertara de un sueño. Me quedé mirándole. Declan Matthews, un hombre habituado al peligro, agente de la Europol. A él sí le pegaban este tipo de situaciones y estaba totalmente relajado.

- ¡Au! - dije
- ¡Espabila hombre!
- Pero...
- Te necesito aquí, conmigo. - miró alrededor y volvió a fijar la mirada en mi - Oye, necesitamos solucionar esto o seguirá muriendo gente, ¿lo entiendes?
- Sí, lo voy entendiendo. ¿Pero y yo que sé? No sé mucho más que usted.
- ¿Has podido estudiar lo que te di?
- Una parte
- Entonces necesito que revises la otra parte. Necesitamos saber cómo parar la cuenta atrás. Sino, esa gente se saldrá con la suya y todos los que han muerto habrán muerto por nada.
- Ya... - entonces recordé que todo este tiempo había llevado la bolsa conmigo, bien pegada al cuerpo.
- Hagámoslo juntos. No te veo seguro y necesitas que alguien te cuide mientras tú piensas. Pensar no es lo mío, pero sí cuidar.

El ruido de las sirenas se intensificó. Más coches patrulla entraban por el pasaje del Mercado.

- Nos quedaremos aquí. Aquí no corremos peligro y más tarde ya veremos.
- Norma era uno de ellos..., no me lo puedo creer - me negaba a creer lo que estaba pasando.

Apagón

- Sí. Tenía mis sospechas desde hacía varios meses, pero era difícil de saber. La investigación no avanzaba y en realidad nunca hubo intención de que lo hiciera. Te tenía cerca para tener vigiladas tus averiguaciones pero nunca quiso descubrir al asesino porque ya sabía quién era. La falta de progreso me hizo investigar los informes de la policía. Tengo amigos, ya sabes - yo asentí como un autómata - Ella trabajaba sola, a excepción de ti, y no había redactado hasta la fecha ni un solo informe de la investigación. No estaba haciendo realmente nada, solo asegurarse de que todo estaba controlado. Y con su tapadera podía hacerlo sin involucrarse ni levantar sospechas. Y para tu suerte, me dio por seguirla.

- ¿Por qué lo habrá hecho ahora? - dije.

- ¿El qué?

- Involucrarse, pasar a la acción.

- Esa es una buena pregunta. Sólo se me ocurre que alguien le pidiera expresamente que se involucrara. Orden directa de su jefe real. Y quiero entender que ha sido porque tus investigaciones se estaban acercando demasiado a la verdad. ¿Qué tienes hasta ahora?

- Declan dio la vuelta a la mesa y se sentó a mi lado.

Saqué mi bloc de notas, donde iba anotando todo lo que iba descubriendo. Ahora tenía que añadir algunos datos interesantes más que Norma, gracias a su exceso de confianza había tenido a bien declarar.

- Pues..., veamos. La empresa que está detrás de todo esto es Lextron International y lo hace porque quiere entrar en el negocio de las operadoras de telecomunicaciones en España. Necesita crear un apagón tecnológico. Queda el cómo y el cuándo. Sabemos que quedan cien mil usuarios para que se produzca pero no sabemos cuando se podría producir eso. Podían ser días o meses. ¿Cómo poder controlar el tiempo? Tiene que haber algo.

- Cuéntame otra vez cómo es eso de la cuenta atrás, a ver si se nos ocurre algo nuevo.

- A ver... - me tomé unos segundos para reorganizar mi mente. Cogí una hoja del bloc, la arranqué y la puse encima de la mesa para empezar a dibujar. En cuestión de segundos había dibujado un esquema de red de una red de telefonía móvil con todos los nodos que intervienen en la comunicación y las líneas que relacionaba unos con otros, diferenciando entre las conexiones de señalización y las de tráfico, ya fuera de voz o de paquetes de datos. - Un usuario de Filípides, debe establecer un canal de datos entre el terminal móvil e Internet para poder conectar con los servidores de Coleos Corp., donde se procesan los mensajes antes de enviarlos hacia su destino. Todo esto se realiza en cuestión de micro segundos por lo que se puede considerar como una mensajería instantánea y permite a los usuarios mantener una conversación casi en tiempo real. Hasta donde hemos podido interpretar del código, llegando a un número de usuarios determinado, estos canales de tráfico no se liberan, bloqueando el acceso a la red a otros terminales móviles. Esto es lo que se llama congestión de red. A los usuarios les llegará un mensaje de "error de conexión" y no podrán realizar llamadas que no sean de emergencia ni acceder a internet. La pregunta es ¿cómo consigue que no se liberen los canales? Las redes móviles establecen canales de señalización y datos mediante solicitudes que les llegan de los terminales móviles. Entre la red y el móvil se establece una conversación donde los terminales se identifican, se confirman los servicios que se quieren utilizar y en función de ello se asigna o bien un canal de tráfico de voz, en caso de llamada, o un canal de datos para accesos a servicios de Internet. Los canales de voz se liberan automáticamente cuando la llamada se termina, pero en el caso de transmisión de datos, no está tan definido el fin de la conversación y debe de ser la red la que, cuando considere que durante un tiempo prudencial no se han compartido datos, libere dichos canales y permita a otros usuarios utilizarlos.

Hasta ese momento no había levantado el lápiz del papel ni la vista del mismo. En ese momento, tomando una pausa antes de seguir, miré a Declan. Tenía cara de no haberse enterado de nada.

- ¿Me sigues?

- Lo intento. Esto es demasiado enrevesado. ¿No hay una forma de decir las cosas más sencilla?

- Vaya, pensaba que lo estaba simplificando. No se me ocurre cómo decirlo de otra manera. En cualquier caso, ahora que lo estoy viendo con perspectiva, se me esta ocurriendo que...

Abrí la bolsa de nuevo y empecé a rebuscar entre los papeles que allí había.

- Esta mañana, al revisar los papeles que me diste, me pareció ver un trozo de código como el que tenía el ingeniero del CSIC. Entonces pensé que era lo mismo pero ahora estoy teniendo una corazonada.

Saqué de entre los papeles una cuartilla rellena con garabatos manuscritos de códigos hexadecimales. Lo revisé durante unos diez minutos, los cuales Declan aprovechó para pedir un par de chatos más y traerlos a la mesa de trabajo.

Apagón

- Pues sí - dije sin levantar la cabeza - este código es distinto.

- Mira en la memoria USB que te mandé, me pareció grabar también un programa que Alberto, el ingeniero jefe y mi compañero, tenía en su ordenador con el nombre de "Programa bloqueo de Filípides". Me llamó la atención el nombre y ahora empiezo a entender para qué puede valer.

- Tengo la memoria USB - me toqué el bolsillo para asegurarme. Efectivamente ahí seguía. La notaba a través de la tela del pantalón - pero necesitaría un ordenador para verlo.

- Bien, ¿siguientes pasos? - dijo Declan.

- No sé. tenemos un programa que no sabemos aún lo que puede hacer. Todavía no sabemos cuando tiene que hacerse o mejor dicho cual es la fecha límite que tenemos. Sería un dato interesante..., sigo necesitando con urgencia ese ordenador.

Las ideas se estaban agolpando en mi cabeza. Me llegaban como en cascada, unas solapándose con otras y tenía la sensación de no poder volver hacia ninguna de ellas una vez hubieran pasado. Cogí de la manga a Declan y mirándole fijamente le dije: "¡Al cibercafé, ya!"

Mientras salíamos del bar Gonzalo, le fui contando a Declan mis ideas para asegurarme de que al menos otra persona las oía y garantizar así que no se me olvidara ninguna. Íbamos con el paso acelerado, casi al ritmo de mis ideas.

- A ver, Declan, una operadora no se compra así como así. Debe de ponerse en venta o al menos debe de estar en posición de venderse. Eso, normalmente, aunque no se publique abiertamente sí se expone de forma indirecta al mercado para tantear el precio y posibles compradores. En alguna ocasión, he leído artículos en periódicos lanzando esos señuelos para ver cómo respira el mercado. Seguro que si miramos en internet qué operadora está lanzando este tipo de mensajes, sabremos la fecha estimada del posible apagón y sabremos cuánto tiempo nos queda.

- Vale - dijo Declan sin más. Tenía claro que el que pensaba era yo y él simplemente cuidaba de mí.

Llegamos al café en cuestión de minutos. No había ordenadores libres y nos sentamos en la barra a esperar. Ya no me cabía más líquido en el cuerpo y me disculpé con Declan para ir al baño. Como siempre, estaba en la primera puerta a la derecha.

Al volver, uno de los clientes se levantaba de uno de los ordenadores. Rápidamente me lancé hacia la silla y entré embistiendo con la cadera a la señora que apunto estaba de sentarse en ella. La miré de reojo mientras ella desprendía sobre mi persona una infinita secuencia de insultos, todos ellos a un volumen bastante más alto del que me hubiera gustado ya que todo el café me estaba mirando en ese momento. Ahí fue cuando entró mi compañero. Invitó a la señora a calmarse y sacando unos billetes de su bolsillo se los entregó. Ella, mirando su mano llena de dinero, se quedó muda al instante.

Declan cogió una silla y se sentó a mi lado.

Yo empecé a navegar por los distintos periódicos, ya fueran de negocios y economía como de cualquier otro tipo. Como había esperado, había muchos artículos relacionados con las negociaciones que se estaban llevando a cabo para la venta de la filial española de Systelecom. Huiwen, la empresa donde trabajaba operaba la mayor

Apagón

parte de la red de Systelecom, aquí en España, por lo tanto la conocía bien. Rebusqué buscando fechas.

- ¡Vaya! - dije con sorpresa
- ¿Qué pasa? - dijo Declan.
- Nos vamos a Madrid, no hay tiempo.

Capítulo 20

- Midas, Midas, ...sabes que no me gustan este tipo de noticias. Me alteran mi karma y me desequilibran. Y eso no me sienta bien, lo sabes, ¿verdad?

- Sí, pero creí que debías saberlo - se frotaba las manos. Había entrado en el despacho de Norman, allí donde no se debía entrar con noticias malas.

- Midas, hemos hecho esto otras veces y nunca hemos tenido problemas, ¿qué está pasando ahora?

- Pues...

- ¡No!, no quiero un "pues", quiero soluciones. Nuestros expertos nos dijeron que el plan era infalible. Era indetectable, ¿te acuerdas?

Norman se levantó de su mesa y clavó los puños sobre la mesa de caoba. El golpe sonó en el tímpano de Midas como si de una tormenta eléctrica se tratara. Midas se sentía vulnerable ante la posibilidad de que cualquiera de esos rayos lo destruyera en cualquier momento.

- Nuestro mejor agente y uno de nuestros colaboradores muertos por no sabemos quién. Y encima ese ingeniero suelto haciendo a saber qué. Demasiados cabos sueltos. No te pago para que dejes cabos sueltos - Aquella última frase la dijo fulminando con la mirada al pobre Midas que no sabía dónde meterse.

Apagón

- Lo arreglaré - dijo Midas intentando acabar con aquél suplicio cuanto antes.

- Eso ya lo oí antes, pero la situación es cada vez más delicada. Ya no hay margen para más errores. Debemos acabar con este asunto ahora. Una vez realizada la compra de Systelecom, ya dará igual lo que encuentren, habremos desaparecido, nosotros y las pistas que ese tecnicucho tiene entre manos. Hay que acelerar el proceso.

- Pero...

- ¿Otra vez? ¿Tengo que explicarlo otra vez?

- No, señor.

- Que el apagón se produzca en tres días. Será un jueves. Los jueves el tráfico de usuarios empieza a crecer y tiene el máximo de la semana el viernes a la tarde. Para entonces toda España tendrá bloqueadas sus comunicaciones móviles, y el impacto será inmediato. No se podrán realizar transacciones económicas durante todo el fin de semana; ni Visa, ni Mastercard, nada funcionará. Los servicios de emergencia no podrán ser avisados ni funcionarán los servicios de geolocalización. Y el lunes la bolsa no podrá abrir. Entonces tendremos dos semanas para cerrar la venta. Durante esas dos semanas la operadora estará inmersa en reclamaciones de usuarios enfurecidos que demandarán compensaciones. Podremos negociar a la baja sin que apenas se den cuenta de lo que está pasando. Para cuando todo vuelva a su estado natural, seremos dueños de la operadora y controlaremos un poquito más el mundo.

- Sí señor. Compartiré con el equipo las nuevas instrucciones. Así se hará.

Apagón

Midas no esperó respuesta. Sabía que no la habría. Cerró las grandes puertas del despacho y se fue directo a la sala de reuniones. Por el camino marcó el número de la secretaria.

- Jane, llama a todos a la sala de reuniones. En quince minutos. Gracias.

En quince minutos, como relojes, todo el equipo de Midas estaba en la sala de reuniones. Cinco miembros formaban el mismo. Dos programadores, un experto en comunicaciones, Jane, la mano derecha de Midas y Midas. No necesitaban a nadie más o, visto de otro modo, nadie más debía conocer los detalles del plan. Aquellos miembros eran de la confianza de Midas, después de trabajar juntos durante más de diez años. Todos ellos habían participado en los anteriores golpes a Irlanda y Grecia.

- ¡Señores! - Midas tuvo que alzar la voz. La confianza entre los miembros y la singularidad de cada uno de ellos, hacía que la sola presencia de Midas, no fuera suficiente como para crear el silencio en la sala. No infundía tanto respeto - Tenemos que acelerar el proceso. El apagón tiene que producirse dentro de tres días.

- ¡Imposible! - se quejó inmediatamente uno de los programadores - eso supondría rehacer la mayor parte de las rutinas del programa.

- Nada es imposible - espetó Midas impasible.

- Pero, si estamos hablando de adelantar unos días, ¿de qué vale todo el esfuerzo?

- El jefe lo quiere así.

- Habría que realizar las pruebas y la compilación del programa de nuevo y en tiempo record. No habría garantías de éxito. El programa actual sabemos que no falla. - comentó el experto en comunicaciones.

Apagón

- Habrá que arriesgarse - volvió a decir Midas - ¡Mirad! - acabó diciendo a la vez que levantaba la palma de la mano para parar los nuevos comentarios en contra que se estaban generando. - No seré yo el que suba al despacho de Norman a decirle que no se puede. El apagón se producirá el jueves sí o sí. Que habrá que correr riesgos, lo sé. Pero para eso cuento con el mejor equipo, para que esos riesgos sean los mínimos. ¿Ha quedado lo suficientemente claro?

Un gesto afirmativo se dibujó en el rostro de todos ellos. Sabían que el debate se había acabado y que había que ponerse a trabajar. Todos admiraban cómo Midas iba directo al grano y no se andaba con argumentos tontos que tanto les irritaban a todos. Midas siempre decía las cosas claras y sus órdenes no carecían de sentido.

Todos se levantaron y se fueron hacia el centro de operaciones del edificio. allí se pondrían cada uno con lo suyo. Jane supervisaría el proceso y el engranaje de todas las piezas. Quedaban sólo tres días.

Cogieron juntos el ascensor que bajaba a la planta menos uno. Iban todos callados pensando en cual debía de ser su siguiente paso. Bernard rompió el silencio. Él era el experto en comunicaciones y debía de ser quien realizara el análisis funcional que luego desarrollarían los programadores Bud y Samuel. Tenía en su mente todo el esquema funcional del programa actual y debía modificarlo para que acelerara su resultado.
- Bud, tendremos que tocar las rutinas de descuento. Quizá modificando las variables de entrada sea suficiente. Intenta que la rutina descuente conforme a una curva no lineal. Habremos de calcularla

adecuadamente para que llegue a cero en el momento que nosotros queremos, ni antes ni después.

- Samuel, - volvió a decir Bernard - revisa la rutina de bloqueo. No tenemos mucho margen de error y debemos anticiparnos a cualquier comportamiento anómalo, dadas las nuevas circunstancias.

- No quiero errores. De aquí a que esté correctamente desarrollado el programa no quiero que nadie de este equipo se separe - sentenció Jane.

Samuel dio un leve respingo del que aparentemente nadie se percató, ante la orden de Jane.

Llegaron abajo y salieron del ascensor. Jane accionó el mecanismo de seguridad de acceso al centro de operaciones. La puerta de cristal se abrió hacia un lado y los cuatro entraron en la sala.

La sala carecía de todo orden, como cabía esperar en un grupo de genios. Exceptuando un trozo de la pizarra blanca de una de las paredes, que aun seguía estando blanca, en el resto de la sala no quedaba ni un solo espacio libre. Montañas de papeles, sandwiches a medio comer, latas estrujadas de refrescos light, ventanas llenas de rutinas escritas con rotulador. Solo la mesa de Jane estaba despejada. Era como el orden dentro de caos e identificaba perfectamente a la persona que era. Por algo era la co-lider del grupo.

Bernard se acercó inmediatamente con Bud y Samuel a la pizarra blanca. Cogió el borrador y borró todo su contenido sin pararse a mirar si lo que había era importante o no. Esto lo era más sin duda.

Apagón

Cogió el rotulador rojo y empezó a dibujar de nuevo el esquema del programa. No podían permitirse el lujo de dejarse alguna rutina por el camino. A continuación, con el rotulador negro empezó a resaltar aquellas que debían de modificarse. Se quedó parado un momento pensando con el rotulador en el aire.

- ¡Mierda!, tendremos que modificar también los interfaces hacia los núcleos de red y en parte la interfaz de usuario. Los usuarios tendrán que realizar una actualización del software o no les funcionará correctamente.

- Dar un buen servicio no es el objetivo, Bernard. No te preocupes por eso - dijo Jane desde el fondo de la sala.

- Bueno, yo para poder trabajar necesito desalojar - dijo Samuel mientras se levantaba para ir hacia el baño.

- Siempre dices lo mismo. Deberías mirártelo - se burló Bud. Entre ellos había muy buena relación.

- No, si yo me la veo, ¿y tú? - respondió Samuel aludiendo claramente a la obesidad de Bud.

- ¡Cabrón! - respondió y se rieron los dos.

Samuel abandonó con pasos acelerados el centro de operaciones en dirección al baño. La situación había cambiado y aquello le había generado un tremendo nerviosismo. Entró en el baño de caballeros y se encerró en una de las cabinas. Sacó el móvil y empezó a escribir un mensaje.

- Vaya, Samuel, no sabía que tu urgencia fuera exactamente esa. - dijo una voz por encima de la madera que delimitaba las cabinas - ¿de verdad pensabas vendernos sin que nosotros lo supiéramos?

Apagón

Samuel miró hacia arriba, mientras un escalofrío recorría todo su cuerpo. Era la voz de Jane. Toda la sangre se le fue a los pies.

- Por fin encontramos al topo - continuó diciendo Jane - no me cabía en la cabeza que fuera uno de los nuestros, de nuestro equipo de confianza, pero Norman ya me lo avisó. Y mira tú por dónde. Pues nada bueno te espera, eso te lo aseguro.

Mientras Jane soltaba su discurso, el dedo pulgar de Samuel descargaba su peso sobre el botón de enviar. A partir de ahí, soltó el móvil, abrió la puerta y salió corriendo.

Jane le interceptó en la puerta de los aseos. Era más pequeña que él, y consideró la posibilidad de doblegarla y escapar. No había levantado la mano cuando recibió una patada en la mandíbula. Sin darle tiempo a recuperarse, Jane le aferró el cuello por detrás con la mano izquierda mientras con la mano derecha, agarraba la mandíbula de Samuel y retorcía su cuello hasta hacerlo crujir. El cuerpo inerte de Samuel resbaló hacia abajo por el cuerpo de Jane hasta caer al suelo. Jane lo arrastró de vuelta a la cabina y lo encerró allí. Más tarde se ocuparía del cuerpo.

Apagón

Capítulo 21

El viaje de regreso a Madrid se hizo más largo de lo esperado. Alquilamos un coche pequeño en Burgos y no habíamos recorrido ni cien kilómetros cuando una de las ruedas sufrió un reventón. Nos quedamos tirados en la cuneta de la nacional a no menos de diez kilómetros de cualquier parte. Aquella zona era bastante llana y la carretera se perdía a ambos lados por el horizonte. Nos tocó llamar al seguro y esperar allí hasta que la grúa apareciera. Llegó al cabo de cuarenta y cinco minutos y le llevó otra media hora cambiar la rueda.

No nos vino mal realmente, porque aprovechamos para trazar el plan de ataque que aplicaríamos una vez llegáramos a Madrid. Esto no iba a ser fácil. Teníamos dos semanas para desactivar el apagón que sin duda se produciría si dejábamos que Filípides actuase.

Teníamos pocas cosas claras pero de lo que sí estábamos seguros era de que la clave estaba en actuar desde el servidor de Lextron. Desde allí podríamos desactivar el proceso mediante el programa que el contacto de Declan nos había proporcionado. El programa venía en un ejecutable. Sólo había que copiarlo en el disco duro y ejecutarlo. El resto lo haría sólo.

Al navegar por la red, me había fijado que Lextron International tenía una oficina de representación en Madrid. Allí encontraríamos el terminal que necesitábamos para acceder a su red.

Apagón

Paramos para comer algo en el puerto de Somosierra, en un pueblecito con su mismo nombre donde la paz se podía respirar. Aquello era lo que realmente necesitaba y me dije a mi mismo que en cuanto esta aventura se acabara me dejaría caer de nuevo por allí. La temperatura era muy agradable y se agradecía poder comer en la terraza al sol. Pedimos unos bocadillos de lomo y unas cervezas y mientras degustábamos aquél manjar, me enteré que Declan llevaba realmente poco tiempo en España y principalmente había estado localizado en Valladolid. Sólo recordaba lluvia y frío. Muy poco sol había visto desde su llegada.

Aquél especial momento de relajación y dispersión, después de varios días ocultándome y salvando la vida una y otra vez, se vio de repente truncado por un pequeño tic tic, del móvil de mi compañero. Como una rutina más cualquiera, Declan sacó su móvil del bolsillo y lo miró de reojo mientras terminaba la frase que me estaba contando. De repente su cara cambió. Los ojos se le abrieron como platos y contuvo la respiración, más de lo que me parecía físicamente posible sin morir asfixiado.

Tuve que pegar un pequeño golpe a la mesa para que reaccionara.

- ¡Dec!

- ¿Sí? - dijo como despertando - Ah, sí. Es que...

- Qué - Declan frunció el ceño mientras pensaba cómo decírmelo.

- La cuenta atrás se ha reducido a tres días.

- ¿Cómo?

- Mi contacto en Lextron me acaba de enviar un mensaje. No dice mucho más, es más, la última palabra está cortada, lo que me da a entender que lo ha tenido que escribir sin tiempo suficiente.

- ¡Dios! esto tira por tierra todo el plan. No podemos colarnos en Lextron en menos de tres días. Ya me parecía difícil en dos semanas, pero al menos había tiempo de crear una tapadera e infiltrarse. Ahora ya no.

Apagón

Capítulo 22

- Estimado Moises. ¿Cuanto tiempo hacía que no hablábamos?
- Norman, al grano. Tú solo llamas si necesitas algo o para darme alguna mala noticia.
- ¿Mala noticia? ¿Eso es lo que piensas de tu futuro socio en Systelecom, que sólo da malas noticias? Esta vez no. Quiero cerrar la compra en dos semanas. Mo, no quiero que se nos vaya de las manos u otros vengan a interesarse por tu operadora.
- Pues dame una buena oferta, algo que no pueda rechazar y cerraremos el trato.
- La tenías. La anterior era una buena oferta y no la cogiste. Ahora no me queda otra que darte una pequeña lección. Mi oferta baja a la mitad. Y la vas a tener que coger, te lo aseguro.
- ¿Cómo? - dijo Moises sorprendido - Querrás decir que aquí se rompen las negociaciones. No te vamos a vender Systelecom por la mitad. Es más ni por el doble.
- Sí lo harás. Y te convendrá en su momento. No lo dudes.
- Norman, si no tienes nada más que decir, tengo muchas otras cosas, más importantes que atender.
- Ya hablaremos, no lo dudes. Dos semanas, recuerda.
- Adiós - nunca había que perder la educación.

Moises, director general de Systelecom España, colgaba el terminal de conferencia con cara de satisfacción.

Apagón

- Ahora sí te creo - dijo dirigiéndose a mi - una maniobra como esta sólo puede significar que algo va a hacer de aquí a dos semanas para que su oferta se vuelva interesante. Y te agradezco que hayas tenido la valentía de venir a contarlo. Tengo que decir que nuestra amistad con tu director en Huiwen te ha abierto unas puertas que nadie más habría podido franquear. Y si él te creyó, consideré oportuno darte una oportunidad. Y visto lo visto - continuó - soy todo oídos. ¿Cómo me vas a sacar de esta?

- Creo saber cómo detener el proceso a un ochenta por ciento de probabilidades. Siempre quedará una parte a la incertidumbre de que ahora mismo estén realizando cambios en el programa - dije confiado - déjemelo a mí. Tan solo necesito que su gente coopere.

- Así lo hará.

Salimos de las oficinas de Systelecom. En menudo lío nos habíamos metido. Declan me miraba incrédulo.

- ¿Y ahora qué?, ¿realmente tenemos un plan?

- Algo había que hacer. De momento tenemos a dos organizaciones a nuestras órdenes. Lo que hace falta es encontrar esas órdenes y que sirvan para algo.

- Pero si no lo hacemos pronto, nos van a matar.

- Ya - dije mirando al suelo - necesito un café. Yo sin un café no pienso bien.

- Pues tú eres el que piensas, así que vamos a por ese café.

Nos acercamos al café más cercano. Eran las once de la mañana y la terraza estaba a rebosar. Era difícil pensar que estábamos en mitad de la jornada laboral dada la cantidad de gente que se encontraba actualmente sentada en las mesas. No había ni un sitio donde

Apagón

colocarse tranquilamente a tomar un café y el ruido nos iba a hacer imposible pensar. Salimos de allí y nos fuimos directamente hacia el coche. Dejaríamos el café para más tarde. De momento, necesitaba encontrar un sitio tranquilo.

Apagón

Capítulo 23

Allí estaba yo. Cinco meses antes simplemente era un ingeniero de radio que entraba de guardia al centro de operaciones. Ahora llevaba una gorra de Seur y un paquete en la mano para entregar en la oficina de Lextron de Madrid. No había plan, sólo entrar, tener la suerte de dar con un ordenador conectado a la red de Lextron y sin contraseña, tener la oportunidad de introducir la memoria dentro de un puerto USB y la habilidad para ejecutar un fichero sin que nadie se diera cuenta. Y solo tenía una oportunidad, esta noche a las cero horas comenzaría el bloqueo. Casi nada. Había comprado un cupón de la ONCE ese mismo día. Era más probable que me tocara que conseguir hacer lo que nos proponíamos.

La única parte adecuadamente organizada, había sido organizada por Declan. Él se sentía más suelto en este tipo de temas y había organizado el envío de Seur con cierta inteligencia. Había provocado la compra de recambios de impresora el día anterior ofreciendo una oferta imposible de rechazar. Lextron había querido aprovechar la oportunidad y había hecho un pedido que se iba a suministrar en breves instantes. La pena era que Dec, en cuestión de informática estaba bastante obsoleto y no se sentía cómodo realizando la operación por sí mismo. Me había tocado el marrón.

Apagón

Me armé de valor, respiré hondo y me dije a mi mismo, "vamos a allá". Crucé la calle que me separaba de la puerta de la oficina, situada en pleno corazón de Serrano.

Las puertas giratorias me saludaron con un giro imprevisto. Estas no había que empujarlas. Se movían mediante un detector de presencia. Eso ya me puso nervioso. Me calé la gorra un poco más y me acerqué al mostrador de entrada.
- Paquete para Lextron - dije, enseñando la caja.
- Sí, es el tercer piso, puerta número tres.
- Gracias.

Me dirigí hacia los ascensores. Había tres y todos ellos en pisos superiores. Tocaba esperar. Pasaron no más de varios segundos cuando oí la campanilla de uno de ellos, anunciando la apertura de puertas. Me acoplé en el interior, junto con otras dos personas. Ninguno de ellos iba a la planta tres, y no sé por qué eso me alivió. Luego pensé que qué más me daba a mí, ¿que esperaba que la oficina estuviera vacía? No, allí habría al menos veinte personas paseando por los pasillos y todos pendientes de lo que yo hiciera.
Miré el dígito luminoso que marcaba el piso por el que íbamos. Marcaba un cinco. ¿Un cinco? Dios mío me había olvidado de darle al piso. El sudor manaba por mi frente. Esto me superaba. Demasiados detalles incontrolados. Me bajé en la sexta planta con el caballero que se apeaba en ella. Al menos la tapadera valía para casi cualquier empresa. Al salir, vi la puerta del baño. Aproveché la ocasión para descargar.
Volví de nuevo a los ascensores y le di al botón de bajar. Una pareja que bajaba a fumar se me unió al momento. Otra vez la campani-

Apagón

lla. Me volví a meter dentro del ascensor y esta vez me aseguré de darle al tres. Empecé a bajar. Me sentía de repente demasiado cómodo. Me miré las manos. Podía ver las dos al mismo tiempo. Algo me decía que aquello no debía de ser así. ¡Vaya, la caja se me había quedado en el baño! La solté encima del dispensador de papel para poder maniobrar. Agaché la cabeza y me sonreí. Esto no podía estar pasando. No podía ser tan torpe.

Me bajé en la tercera pero esta vez, decidí subir los tres pisos por las escaleras. Llegué en poco tiempo y recogí la caja que gracias a Dios nadie se había llevado. Esto era una locura. Si lo más fácil que era presentarme en la planta tres con la caja, no había sido capaz de hacerlo a la primera, ¿qué pasaría con el resto?

Por fin estaba frente al mostrador de recepción de la oficina de Lextron, con la caja. La señorita se levantó antes de que yo pudiera decir nada. Me cogió la caja y se me quedó mirando. Yo la miraba a ella. Me miraba tan fijamente que pensé que me había descubierto. ¿Tan pronto?

- ¿Dónde le firmo? - dijo finalmente.

Esa era una muy buena pregunta. No había traído nada más que la caja y mi memoria USB.

- Esto..., no hace falta la verdad. ¿No querrá que le lleve la caja a algún sitio donde le moleste menos?

- No hace falta. ¿Es para la impresora, verdad?

- Sí..., pero ya sabe que a veces estas cosas fallan y es mejor probarlas. No me quedaría tranquilo si este toner le diera problemas.

- Ya. Se lo agradezco pero de momento no me han comunicado que haya que cambiar ningún toner...

Apagón

Sonó el teléfono de la recepción y con el dedo índice levantado la señorita me indicó que la dispensara un momento. Yo respiré de alivio. No sabía cómo seguir ganado tiempo.

En ese momento se giró a buscar en el archivo de detrás. Era mi oportunidad. Me fijé en que su ordenador no estaba accesible. Tenía que bordear el mostrador entero para acceder al puerto USB más cercano y ella se volvería en cualquier momento. Me di la vuelta y me adentré en la oficina.

Al volverse, la recepcionista entendió que me había ido sin más. Y siguió con lo suyo.

Me quité la gorra y la chaqueta. Ya no eran necesarias allí. Estaba dentro.

Recorrí un largo pasillo con despachos a ambos lados. Como en las empresas americanas de las películas, en cada puerta venía escrito el nombre de la persona que lo ocupaba. Algunos sólo eran salas de reuniones o salas de formación. No veía ordenadores a mano. Puff, pensé, esto es una locura. Tarde o temprano alguien me preguntará qué hago allí. Debo darme prisa.
- ¡Perdone! - oí una voz a mi espalda. Me hice el despistado deseando que no se refiriesen a mi. - ¡Perdone! - insistió la voz. Ya me tuve que volver. Iba a parecer más sospechoso si no me girase nunca. Me giré y vi que un joven se acercaba a mi.
- ¿Sí? - le dije, más tranquilo de lo que realmente estaba.
- ¿Es usted el profesor de inglés?

Apagón

- Ehhh, sí, yes más bien.
- La sala que hemos reservado es la doce. Está por aquí.
- Perfect, let´s go. O sea, vamos.
- No le esperábamos hoy pero al verle entrar no me ha cabido la menor duda. Tiene usted una pinta de guiri... - el joven empezaba ya a caerme mal - y nos viene muy bien porque necesito que me ayude a redactar un correo para mis compañeros de Londres.
- Bien, no hay problema.

Llegamos a su despacho. Estaba justo al lado de la sala doce, donde otros tres compañeros ya estaban haciendo tiempo con un café en la mano y de charla. Me pidió que me sentara en su sillón y con un dedo me señaló el texto en español que quería que le tradujera.
- Mira a ver si me lo puedes redactar en un inglés educado. Es para un jefazo de allí. Mientras me decía esto último, me lanzó un guiño y con las dos manos hizo un gesto como si tuviera dos pistolas y me disparó. Si él supiera cuantas veces había visto hacer eso en la realidad los últimos meses...
Para mi sorpresa, se fue y me dejó solo delante del ordenador. No me podía creer la suerte que tenía. Dejé a un lado el correo y me dispuse a conectar mi memoria USB. Me levanté para poder acceder al bolsillo del pantalón. Agarré la memoria y tiré de ella hacia afuera. En ese momento la cabeza de aquél joven asomó por la puerta.
- Tómate tu tiempo. Eso es más importante. Nosotros te esperamos tomando un café-
- Ok, vale. - dije a punto de mearme en los pantalones. Un susto más y me vengo abajo y lo confieso todo, me dije.

Apagón

Enchufé la memoria y la lucecita se encendió.

Volvió a entrar en su despacho ese joven desquiciante. ¿No me dejará en paz para hacer mi trabajo? Se acercaba hacia el ordenador y la ventana de ejecución de la memoria todavía no había aparecido. Cambié de nuevo al programa de correo y empecé a escribir cualquier cosa en inglés. No me lo podía creer. Si aparecía la pantalla de la memoria justo cuando él mirara la pantalla, se daría cuenta de que algo no encajaba.

- Vamos, vamos - el joven se acercaba. Gracias a Dios no lo hacía muy deprisa. Se entretenía con sus premios al mejor empleado mientras me soltaba un discurso al que por su puesto no estaba haciendo ningún caso. Una gota de sudor me cayó por la mejilla. Aquello me podría delatar. El aire acondicionado mantenía bastante fresco el despacho y no tenía ningún sentido sudar. Pero por algún lado tenía que salir mi tensión.

Llegó hasta mi lado y se inclinó sobre el ordenador. No llegó a mirarlo. Le entró una llamada a su móvil y recogió la llamada incorporándose de nuevo. En ese momento salto la pantalla de la memoria USB y yo la hice desaparecer de inmediato. Volví a respirar después de no hacerlo durante varios segundos que parecieron horas.

El joven paseaba de un lado a otro de su despacho mientras hablaba. Mantuvo la llamada durante un par de minutos y colgó. En ese momento yo me levantaba del asiento.

- Ya lo tienes, mira a ver.

- ¿Ya?, eres la caña, tío.

- No era complicado y se entendía bastante bien el propósito.

Apagón

- Gracias. Vamos a la clase pues. Luego lo enviaré.

- Vamos, pero antes debo ir al baño. ¿Me disculpáis dos minutos más?

- Por supuesto. Esas cosas hay que hacerlas sin presión. Tómate lo que haga falta. - otra vez el guiño y las pistolitas. Qué payaso, pensé.

Salí de allí lo más rápido que pude. No podía ni pararme a esperar el ascensor, necesitaba el aire ya. Cogí las escaleras y bajé los tres pisos que me separaban de la calle. Salí de nuevo por las puertas giratorias, giré hacia la izquierda, allí había un parque. Me agarré al primer banco que encontré y las rodillas cedieron. Caí al suelo, sobre el césped y agaché la cabeza. La presión me hizo rodar varias lágrimas por las mejillas y permanecí en esa posición varios minutos. Lentamente levanté la cabeza de nuevo sintiendo el aire al rozar las húmedas mejillas y dije en voz más alta de lo que debía: ¡Sí!

Apagón

Capítulo 24

Un tono estridente rompió el silencio que reinaba en el centro de operaciones radio de Huigan. Había sido elegido por Systelecom como el centro de operaciones para la ejecución del contraataque contra Lextron y su apagón tecnológico. Desde allí se podía acceder a cualquier nodo de la red así como supervisar todos los interfaces hacia otras redes móviles y tener control sobre el bloqueo en caso de que el plan inicial no funcionara.

Todos los operadores habían sido llamados al trabajo estuvieran en su turno o no. Si Eduardo no fuera capaz de insertar el programa o dicho programa no hiciera los efectos que todos esperaban, se iban a necesitar todas las manos para maniobrar el tráfico bloqueado hacia canales menos congestionados.

La tensión se palpaba en el ambiente. Estaban presentes, dada la gravedad del caso, el director general de Systelecom y su primera escuadra de mandos, el director de Huigan, el director de servicios y el director del centro de operaciones. Para añadir más tensión al asunto, el gobierno había pedido ser parte del convoy y había mandado a su secretario de estado para las telecomunicaciones con dos de sus consejeros. Nadie osaba a levantar la voz por encima de un susurro.

El móvil de Declan, además de vibrar, realizó un sonoro bip estridente. Abrió el mensaje:

"El cuco está en el nido"

Apagón

Sonrió y dijo en voz bien alta:

- ¡Lo ha conseguido!

Un gran jolgorio se hizo en la sala y los grandes jefes empezaron a abrazarse y darse la mano congratulándose. Sólo uno de ellos, consciente de que aquello no había hecho más que empezar, le dio la señal a Ángel, el operador más experimentado de la sala.

Ángel, que estaba esperando esa señal, hizo un ademán con la cabeza y se puso a teclear. Lo primero que hizo fue comprobar el estado de carga de todas las CPUs de la red de Systelecom. Todas parecían en valores normales. Procedió a revisar la carga de tráfico de todos los interfaces. A esas horas de la tarde no debían de estar en máximos. La hora cargada se alcanzaría en dos horas aproximadamente. Todo estaba dentro de los parámetros normales.

Tras revisar los principales parámetros, se levantó y se dirigió hacia el director del centro de operaciones. Éste, tras escucharle, dio su aprobación para el paso siguiente.

Ángel volvió de nuevo a su puesto y empezó a nombrar a cada uno de los operadores.

- Antonio, región centro. Encárgate de Madrid. Laura te ayudará con Castilla la Mancha.

- Andrés, región noreste. Céntrate en Barcelona de momento.

- Sofía, levante es tuyo, empezamos por Baleares, es temporada alta.

- Rober, revisa las redes de Sevilla y Málaga. Luego el resto de Andalucía.

Apagón

- Andrea, el norte es tuyo. Bilbao y Coruña, luego seguiremos con el resto.
- Necesitamos controlar la carga de las CPUs de los nodos controladores así como los enlaces con el núcleo de red. Quedan cuatro horas para la hora H. Reportad cualquier anomalía. Comparad con los valores alcanzados ayer.

Todos se pusieron a trabajar y los jefes se fueron de la sala. Se irían a cenar y volverían a la hora H. Todos respiramos más tranquilos cuando se fueron. Tan solo Declan y una mujer se quedaron allí.

Un par de horas más tarde llegué al centro de operaciones. Subí a la primera planta por las escaleras y entré. Nadie se había percatado de mi presencia. todos los operadores estaban agachados mirando fijamente las pantallas. Me dirigí hacia Declan y cuando hube llegado a su lado me percaté de que una mujer estaba con él.
- ¡Cariño! - era mi mujer. Llevaba sin verla más de cuatro meses. Tan solo habíamos hablado esporádicamente. Ella se levantó sobresaltada. No me había visto llegar. Nos abrazamos.
- Eduardo, Dios mío ni te imaginas lo que hemos vivido aquí. Temía por tu vida. El señor Declan me llamó y me dijo que era importante que estuviera aquí.
- Sí, sí es importante - seguía abrazándola. No quería que se fuera de nuevo - ahora sí que le veo sentido a todo esto.

Una marea de aplausos y silbidos se oyó por toda la sala. Los operadores me habían visto ya y todos, compañeros como eran de batallas diarias, me dieron la bienvenida como a un héroe. Todos sabían ya qué es lo que había estado haciendo todos esos meses y me llegaban palmadas a la espalda de todos ellos, que haciendo un corro se fueron acercando a saludarme. Yo se lo agradecí con un par de lágrimas más saliendo de mis lagrimales que ya empezaban a estar secos.

Declan fijó la mirada en mi y sentí su penetrante mirada en mi subconsciente de tal manera que la cabeza se me giró hacia él como por encanto. En cuanto nuestras miradas se encontraron, asentí y Declan hizo lo mismo. Con un gesto lateral de cabeza, me indicó que teníamos aún trabajo que hacer.

Quedaban dos horas para la hora H, la hora del apagón. Durante esas dos horas y en las cuatro siguientes, los equipos trabajaron intensamente, pero no pasó nada fuera de lo habitual. El programa había funcionado y había contrarrestado el efecto que Filipides debía haber provocado.

Lo habíamos conseguido.

Apagón

Capítulo 25

Un correo entró en la bandeja de entrada de todos los empleados de Lextron. También llego a la bandeja de entrada de Samuel. No tenía costumbre de leer el correo periódicamente ya que le interrumpía la concentración y en ese momento necesitaba centrarse al máximo, algo había salido mal y la rutina de congestión de la red de Systelecom no había funcionado. No se habían bloqueado los canales de señalización y todo había funcionado bajo la normalidad esperada en una red de telefonía móvil. ¿Por qué? Nunca antes había fallado y debía de entender cómo había ocurrido y cómo dar marcha atrás para poder volver al plan original. Midas estaba que echaba humo y no quería ser él el que accionara el resorte que le hiciera explotar. Llevaba cuatro horas sin levantarse de la silla, eran las cinco de la mañana y los ojos estaban irritados por el exceso de luz y cafeína. Pero no podía tomarse ni un rato de descanso.

El pop-up del correo apareció en la parte inferior derecha de la pantalla y Samuel lo miró desde el rabillo del ojo. No le hizo mucho caso pero una palabra le llamó poderosamente la atención: "apagón".

Salió de su mundo de programador y por primera vez en mucho tiempo dio prioridad a un correo frente a su pantalla de compilador con sus infinitas líneas de programación. Con el ratón señaló el pop-up y el correo asociado apareció en pantalla. Según leía el texto, no pudo evitar que el maxilar inferior le quedara colgando dejando

Apagón

la boca entreabierta, marcando en su rostro un gesto de estupefacción. Tenía ante él, el origen del fallo y no sólo él. Toda la empresa iba en copia. Toda la empresa sería testigo del plan urdido por ellos para devaluar la empresa Systelecom, en cuanto llegaran a trabajar al día siguiente.

Debía comunicarlo. Imprimió el correo y salió corriendo de la sala de operaciones.

Midas arrugó de un solo apretón el correo impreso que Samuel le había entregado. Su rostro pasó por toda la gama desde el amarillo hasta el rojo fucsia. Samuel, retrocedía pasos, casi inapreciables para el ojo humano a la vez que observaba a su jefe procesar la noticia y a su policromado rostro cambiar por segundos. No le gustaba estar allí en ese momento pero no tenía por dónde escapar.

El correo había sido enviado a modo de spam, es decir a toda la empresa desde una dirección de correos interna, de un empleado de la oficina de Madrid. El correo informaba a todos los destinatarios sobre los detalles del plan que la empresa había puesto en marcha para hacerse con la compra de Systelecom y de cómo ya lo habían hecho anteriormente con otras dos empresas. Daba detalles que nunca debían de haber salido del pequeño equipo de confianza que había formado para llevar a cabo el apagón, que así lo llamaba el correo. Desde luego no era un equipo tan de confianza, pensó. Informaba abiertamente de cómo un software de mensajería instantánea de la casa introducía un código de bloqueo de canales de comunicaciones con el fin de bloquear a redes enteras y generar así el caos. Todos relacionarían de inmediato este modus operandi con los hechos ocurridos en Grecia e Irlanda en años anteriores y sería cuestión de minutos que los consejeros delegados de Lextron International llamaran a una reunión urgente a Norman para que diera explicaciones. Y eso sería el fin de Norman y del resto del equipo, incluído él.

Despidió al empleado que se removía nervioso sobre sí mismo y trató de pensar con más calma. Miró su reloj y vio que eran las cinco y media. Tenía una hora y media para que los primeros empleados empezaran a llegar. Antes de que eso pasara tenía muchas cosas que hacer.

Capítulo 26

Había sido una noche bastante movidita. Declan por fin había llegado a su apartamento de la calle Ibiza y estaba preparándose para darse una ducha antes de acostarse cuando sonó su teléfono móvil. En ese momento hubiese apreciado el "apagón" para poder descansar tranquilo. Se sonrió mientras pensaba en aquella ironía. Cogió el teléfono. Era su jefe.

- Sí, ¿dígame?

- Enhorabuena Declan, vuelves a Irlanda, habéis cerrado el caso.

- ¿Tan pronto? No hace ni tres horas que pusimos en marcha el plan.

- Pues ya hemos recibido una llamada del comisario Mateu. Un tal Midas de la empresa Lextron International se ha entregado y ha confesado a cambio de privilegios de reducción de condena. Y lo que ha soltado por la boca ha sido para ponerse los pelos de punta. Reúnete conmigo en Edimburgo para revisar los detalles.

- Sí, señor.

- Hasta luego entonces.

Cortó la llamada y lanzó el móvil contra el sofá. A ver si le dejaban descansar al manos unas horas.

A las nueve de la mañana, no podía seguir durmiendo. Sabía lo que le esperaba después de cerrar un caso y no era nada agradable. Él era un agente de campo, no de oficina y a partir de hoy, le esperaban semanas de informes y papeleos. El único consuelo de todo ello era la satisfacción de haber pillado de nuevo a los malos.

Ya con un café entre las manos, empezó a recordar el plan que habían urdido entre Eduardo y él. Ese chico tenía potencial porque la idea original había sido suya. Y visto lo visto de una gran eficacia. En menos de tres horas se había desencadenado la caída de los culpables.

Pensó en cómo de ridícula le había parecido la idea de robar la identidad de algún empleado de Lextron para mandar un correo spam e informar a los empleados de las actividades que venían realizándose en su empresa. No sabía qué podía esperar de todo aquello pero visto desde la perspectiva actual, le habían dado a los malos de su propia medicina. Lextron estaba comprando redes de comunicaciones para controlar los contenidos y así poder influir en las masas, y había sido un comunicado a las masas lo que les había delatado y echado a perder sus planes. Influir en las masas era realmente un arma poderosa y Declan empezaba a entender de la importancia de este factor humano y la perspectiva que del delito pudiera derivarse. A partir de hoy, el crimen tenía una nueva derivada que hasta entonces no había tenido en cuenta. Decidió, que tenía que ponerse al día en el tema de las redes de comunicación y redes sociales y que ese sería su propósito en las próximas semanas de despacho que tenía por delante.

A una hora prudente, llamó a Eduardo y le contó lo sucedido. Oyó como éste resoplaba de alivio al otro lado del teléfono. Finalmente colgó y se dispuso a recoger y marcharse a Edimburgo.

Apagón

Epílogo

Nunca antes lo había hecho, pero esta vez sentía que se lo debía a Jorge. No había podido asistir al entierro pero mi conciencia me decía que le debía un último adiós. Allí estaba, delante de la lápida que recordaba su nombre. El nombre de mi mejor amigo y compañero del centro de operaciones. El hombre que sin saber a qué se exponía no dudó en ofrecerme su ayuda sin apenas preguntar para qué. El hombre al que yo había condenado con un simple correo electrónico.

Me incliné para dejar unas flores sobre su tumba. Otras adornaban también el lugar, algunas ya marchitas, dejadas tal vez el mismo día del entierro. Una hoja plastificada le dejaba un mensaje para la eternidad atada a un palo. En algún lugar alguien estaba sufriendo por su ausencia. Y yo me hundí aun más en mi culpabilidad.

Era ya cerca del otoño y se notaba el ambiente húmedo que se respiraba en el cementerio de la Almudena. Estaba sólo. Nadie se había acercado esa tarde por allí a presentar respetos. Me santigüé por tercera vez delante de la tumba, pidiéndole mentalmente que me perdonara y me volví hacia el camino de vuelta a la salida.

A mitad del camino me encontré con Declan.

- No te sientas culpable. Los culpables son los asesinos, no los que luchan contra ellos.

- Ya, pero no puedo evitarlo. Era una gran persona.

Apagón

- Piensa en que gracias a ti y a él hay un malo menos en las calles del mundo. A veces hay sacrificios. Yo he visto muchos, pero nunca es culpa nuestra.

- ¿Qué haces por aquí? - dije cambiando de tercio.

- Quería despedirme. Me voy y estaré desaparecido una temporada. Ha sido un placer trabajar contigo y debo decir que no había contado en muchos años con un compañero tan listo y entregado como tú.

- Gracias.

- ¿Has pensado dedicarte a esto en un futuro?

- No, mi corazón no lo soportaría. Tanta adrenalina en tan poco tiempo..., no entiendo cómo lo soportas.

- Te haces duro con el tiempo y además el éxito de una operación lo compensa todo. Pero te entiendo. Tienes de quién ocuparte y gente que te necesita. Es muy difícil dedicarse a esto cuando alguien te espera después de cada jornada en casa.

- ¿Tú no tienes a nadie?

- No.

- Vaya, lo siento.

- No lo sientas. Cada uno tenemos una misión en la vida. La tuya es tu familia. La mía coger a los malos. Y todas las misiones son igual de importantes. En cualquier caso, si algún día te animas, llámame.

- Hecho.

- Adiós entonces.

- Adiós Dec. Espero poder volver a verte.

- Así será, no lo dudes.

Apagón

No dimos la mano y de ahí pasamos a un fuerte abrazo que duró varios segundos.

Ya nos íbamos a casa cuando Declan me paró cogiéndome del hombro.

- ¿El cuco está en el nido? ¿En serio? ¿Qué clase de películas ves tú?

- En ese momento no me pidieras cordura. Ni te imaginas la de frases que se me pasaron por la mente.

- Eres genial.

Apagón

www.ingramcontent.com/pod-product-compliance
Lightning Source LLC
Chambersburg PA
CBHW072028170626
46811CB00008B/2984